JN022877

京都スケッチ帖

郷愁の風景のなかで

大森俊次

かもがわ出版

庭にひともと棗（なつめ）の木

川浪　春香

「ああ、懐かしい風景ですね。風が吹いて、土の香りが陽にこぼれて……。ひと昔前までは、こういう景色はどこでも見られたものですが、今は本当に少なくなりました。心が和（なご）みますね」

大森さんの展覧会では、皆さん異口同音にこう仰（おっしゃ）います。

振興開発の名のもとに、なぎ倒されて行った京都の町家、老舗は数知れません。この絵の中では、昔そのままの木々の彩り、寺の屋根の量感から、そこに吹く風の匂いまで鮮やかに感じとることができます。そして何よりも、点景の車や人影が画面にリズムを与え、生活の断面が見事に切り取られていることに驚きます。神社仏閣、喫茶店、学校、橋など、大森さんの手にかかると、実にのどかで、しみじみとした風景に変化してしまうのです。

お分かりでしょうか。そう、この景色の捉え方、見せ方は、作者の少年時代と直結した体験から描かれているのです。

私はひそかに「泣きの大森節」と呼ぶのですが、記憶を共有することは、心の琴線に触れることでもあります。この哀愁を帯びた絵を見つめていると、だんだん人恋しくなる。そしてついには、うるうると涙まで。これは、大森さんの術中に陥（おちい）った証拠といえるのでしょう。

郷愁の風景の中では、在りし日の賑わいが聞こえ、忘れていた身近なものが甦（よみがえ）ります。

甦るということは、時間を巻き戻して死と出逢うことでもあります。死は忌み嫌うものではなく、誰でも、いま生きている先の路地を曲がった所に続いています。これほど、いとおしむべきものが他にあるでしょうか。

大森さんの絵には抒情があふれています。抒情を軽く見る人がありますが、今いちばん人の心に届くのはこれだと思います。だからこそ、目を見開かれます。緊張から解放され、肩の力が抜けていくのを感じます。もちろん浅井忠創設の関西美術院で学ばれた実力は、細部に止まりません。近くで見ると大胆なタッチが、遠目ではその存在感をさらに増します。巧みな筆遣いが、どの頁を繰っても、たっぷり画面全体に注がれているのが魅力です。

二〇一四年の「スケッチブックの向こうに」で衝撃的デビューを飾って以来、「中島貞夫監督と歩く京都シネマスケッチ紀行」では、軽やかなエッセイが絶讃されました。そして、京都民報連載中から評判の高かった今作は、その集大成ともいえます。

画家の眼を通して溢れ出たものが、実に透明度の高い言葉で綴られています。得意の駄洒落にはいっそう磨きが掛かり、色彩豊かな絵と相俟って、しばし世の喧噪を忘れさせてくれます。

由来、画家は三次元のものを二次元世界に押し込めるために、様々な工夫をしてきました。大きなエネルギーの渦巻く、新しい波も必要でしょうが、鬼面人を威す絵は、とかく疲れます。抽象的な思考や心理も否定しませんが、想像を超えるゆがんだ作品に、心は戸惑うばかりです。

もうこの歳になると、見栄を張らなくてもいい気がします。分からないのに、分かった顔をするのはやめようと思います。穏やかな飾らない生への憧れでしょうか。本書はそういう処方箋の条件を、すべて満たしているといえます。

目立たないけれども深い、おしゃべりではないけれどもゆるがない。そういうスケッチエッセイストの画風は、時代に流されることがありません。

内輪話になりますが、同じ団塊の世代ということもあって、本や映画の話を始めたら止まりません。これまで、どれだけ面白い四方山話を伺ってきたでしょうか。

とりわけ、「庭にひともと棗の木、弾丸あとも、いちじるく、くずれ残れる民屋に、今ぞ相見る二将軍」という、あの「水師営の会見」の歌は決定打になりました。

夜な夜な、おばあちゃんのこの子守歌に耳を傾ける大森さんの姿はそのまま、私に重なっていきました。我が同志を得たり、という感覚でしょうか。

大森さんのおばあちゃんは明治三十二年生まれ、私の祖母は三十五年。片や千年の都と片や北海道の札幌という違いはありますが、添い寝の孫に、奇譚（きたん）、稗史（はいし）を囁くおばあちゃんの息づかいまで、今でも聞こえてくるような気がします。

とまれ、ゆるやかに心に寄り添ってくれる一冊であることは間違いありません。見慣れた日常の、圧倒的風景をお楽しみ下さい。

（作家）

目次

第2章　昭和なつかし話

第1章　郷愁の風景のなかで

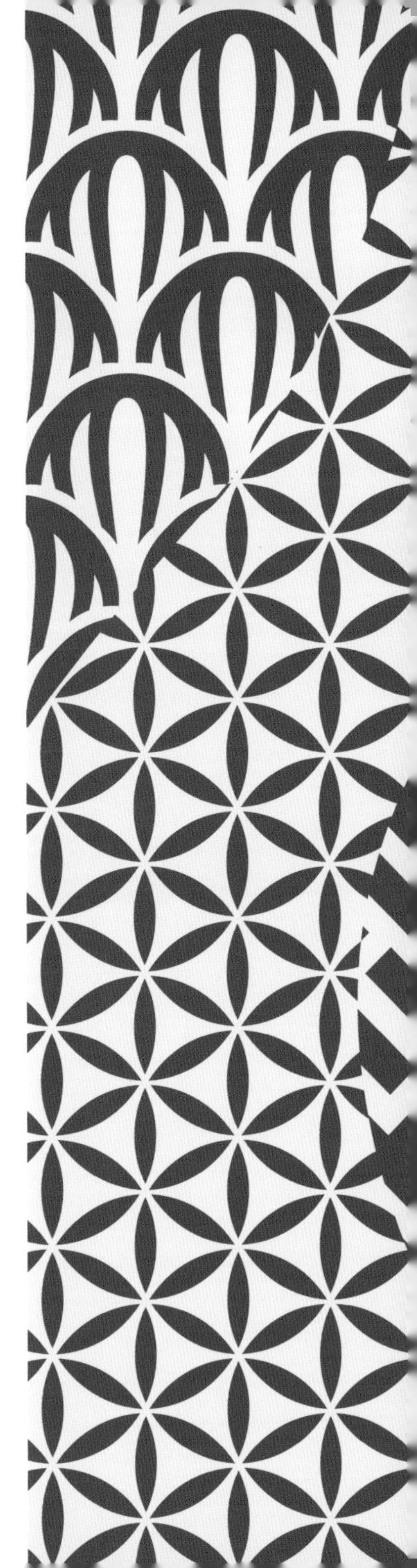

東一条通の京大地塩寮

昭和は遠くなりにけり

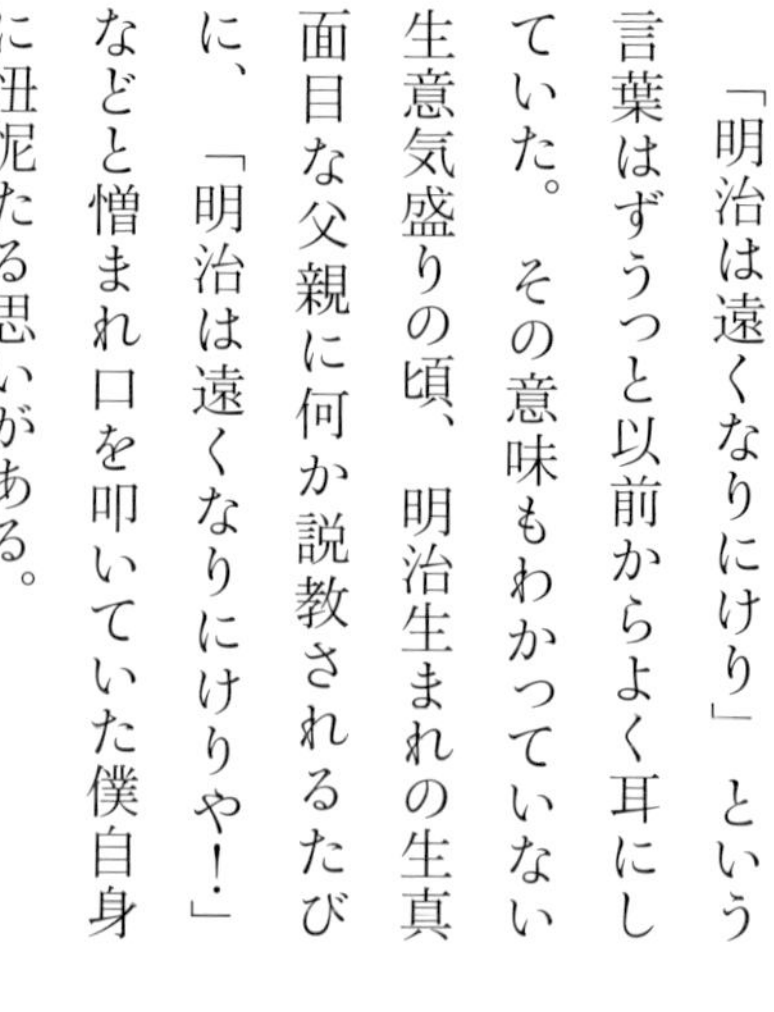

「明治は遠くなりにけり」という言葉はずうっと以前からよく耳にしていた。その意味もわかっていない生意気盛りの頃、明治生まれの生真面目な父親に何か説教されるたびに、「明治は遠くなりにけりや！」などと憎まれ口を叩いていた僕自身に忸怩たる思いがある。

　この「明治は遠くなりにけり」が高浜虚子門下の俳人・中村草田男の「降る雪や」という上の五音に続く下の十二音だと僕が知ったのは、随分のちになってのことだった。草田男は、東大生だった昭和六年に二十年ぶりに訪ねた母校の小学校付近でこの句を詠んだらしい。大正が終わり昭和となって数年を経て、明治生まれの草田男にとって幼い日をすごした明治時代を懐かしむ気持がこの一句にこめられていたのだろう。

ワクワクした下校時の物売り

平成が終わろうとしている今、昭和に生まれ育ち青春時代を謳歌した僕ら団塊世代にとっては、「昭和は遠くなりにけり」といった気分だ。昭和二十四年生まれの僕は、昭和の四十年間と平成の三十年間を生きてきたわけだが、昭和二十〜三十年代には、平成以降の現在までに失われてしまった素晴らしいものがたくさんあったのではないか。そんなことを風景スケッチと共に書き残しておきたいと思う。

別に草田男を真似たわけでもないし、まして雪も降っていなかったが、小学生時代の登下校

時に歩いた東一条通を久しぶりに訪ねた。母校・第四錦林小学校の校舎は建て替えられ、東隣にあった左京区役所は跡形もなくなり、校門付近の雰囲気は変わってしまっている。

校門を眺めていて、ふと思い出したことがある。下校する僕らを狙って、いろんな物売りオジサンが地べたにゴザを敷いて待ち構えていたものだ。ノートのたたき売り、地球ゴマ、地図や似顔絵が自在に描ける拡大器、十円銅貨が消える手品の仕掛けなど、何やら怪しげだが僕らをワクワクさせてくれた。ある時、「ニワトリに育てて卵を産ませたら、毎日玉子焼きが食べられるんやで」との甘言に乗せられて、ヒヨコを買って帰ったことがある。翌日、ヒヨコは死んでしまい、玉子焼きは夢と消え裏庭に蒲鉾板で作ったヒヨコの墓が残った。

南東角に交番所のある鞠小路通から東大路通の間の街角風景は、半世紀以上経った今も昔の名残りをとどめている。嬉しくなって早速スケッチブックを開き、京大地塩寮あたりの風景を描いてみた。僕のそばを小学生たちが通ってゆく。その後ろ姿にランドセルを揺らせて友達と歩いた僕自身を重ねながら、郷愁のひとときを過ごした。

2015年に閉店したリバーバンク

喫茶店のある街角（その1）

「ちょっとお茶でも……」と言った場合、昔ながらの喫茶店へ入る機会が少なくなった。近年セルフサービススタイルのカフェが増え、街角風景をすっかり変えてしまっている。僕の若い頃には、いたるところに「純喫茶」と呼ばれる店があった。よくよく考えてみると、食堂やうどん屋には「純」という接頭語はつかないのに、喫茶店にだけ「純」があるのは何故なのだろう。そう言えば、一時期「ノーパン喫茶」などという「不純喫茶」があったからかなあな

多くの青春を見つめてきた場所

ど考えたりもしたが、今回のテーマはあくまでも「純」の方だ。

僕が初めて喫茶店に入ったのは、高校二年生の修学旅行で訪ねた雲仙の町でのことだった。夕食後、同級生T子と土産物を買いに行って入った。活動家で物知りだったT子と違って、僕にとっては初めての喫茶店、しかもガールフレンドと二人だけだったので、何やら急に大人になったようでとてもいい気分だった。その喫茶店でどんな話をしたのかはさっぱり記憶にないが、ハッと気づくと決められた門限九時を過ぎている。大急ぎで旅館へ駆け戻ると、入口で担任の先生がニヤリと笑いながら「コラ、君ら遅刻やぞ!」と言ったが、それすらも嬉しかった。

修学旅行でのそんな出来事があってから、友達同士でよく喫茶店に入るようになった。僕の通う鴨沂高校近くの荒神口周辺には、当時、たくさ

んの喫茶店があった。シアンクレール、シャポー、グリーン、御所、モンブランそしてリバーバンクなど。しかし歳月が流れ、いつの間にやら懐かしの喫茶店のいくつかは姿を消していったが、リバーバンクは、大森一樹監督の『ヒポクラテスたち』や本木克英監督の『鴨川ホルモー』などの映画にも登場して有名になっていた。

そのリバーバンクが閉店予定との新聞記事を見た僕は、すぐにスケッチ道具だけをもって荒神口へ駆けつけた。二〇一五年五月のことだ。北向かいのバプテスト教会の前から、リバーバンクの全体像をスケッチしながら、あれこれ考えてみた。一九五九年創業だから半世紀以上の間、たくさんの青春を見つめてきたのだろうなあ、高校生の僕が美術の授業で屋外写生に来たのもこのあたりだったかなあ……。

今は跡地も整備され建物を思い出すよすがもないが、鴨川の流れを見下ろす土手は今も変わることがない。

京大北門前の進々堂

喫茶店のある街角（その2）

学生時代に流行っていた「学生街の喫茶店」という歌を、今も僕は風呂の中でこっそり歌っている。「君とよくこの店に来たものさ、訳もなくお茶を飲み話したよ……」、この最初のフレーズを口ずさむだけで、風呂場の湯気の向こうに過ぎし日の喫茶店風景がいくつも浮かび上がってくる。

その一つ百万遍の進々堂を、今出川通の南側の歩道からスケッチした。レンガ造りの風格ある建物は、半世紀以前とほとんど変わらない。ここは京都大学北門前にあり、僕の小・中学校の通学路にも近かったが、入るようになったのは高校時代以降のことだ。

この店の特徴は何と言っても、どっしりした大きな長テーブルとそれを囲むように配置されたベンチ椅子だ。あの頃の僕は一人ゆっくりとコーヒーを味わうのではなく、たいがいの場合、数名の友人たちととりとめもなくしゃべって長時間ねばっていた。そればかりか、時として大声で議論をしていたが、怒られたり追い出されたりした記憶はない。一九七〇年前後、政治に憤り、社会変革に熱くなっていた僕らに、大きく広い机や長椅子は好都合だっただけでなく、世の中全体が真剣な議論を受け入れていたのだろう。

スケッチを終えてから、久しぶりに長椅子の一隅に席をとり、シャキシャキきゃべつが懐かしい昔ながらのホットドッグを頬張りながら、店内

を眺めてみた。この進々堂は一九三〇年創業の歴史をもち、長テーブルとベンチ椅子は、河井寛次郎・柳宗悦らと民芸運動を起こした人間国宝の黒田辰秋が作ったものだと後になって知ったが、当時はそんなことを知る由もなかった。

店内には一人で静かに本を読んだり、何やらノートに書きものをしている人たちがいる。目を閉じて深く瞑想している人（単に居眠っているだけだったかも知れないが）もいた。数人の観光客がガイドブック片手に入ってきて、もの珍しそうにキョロキョロしている。ただかつての僕らのように、ケンカ腰で議論しているような若者の姿が見当たらないのは、何ともさびしい。「学生街の喫茶店」の歌詞にもあるとおり、「あの時の歌は聞えない、人の姿も変わったよ、時は流れた」のだなあ。

この年齢になって香りと味わいが少しだけわかるようになったコーヒーをすると、いつも以上にほろ苦い味がしたのだった。

西木屋町のフランソワ

喫茶店のある街角（その3）

「純喫茶」だけでなく「ジャズ喫茶」へ行ったことを思い出している。高校時代には、荒神口の喫茶店シアンクレールの二階にあったジャズ喫茶しあんくれーる（こちらは平仮名文字だったかなあ）へも時々入った。また美大をめざす浪人時代には、河原町三条のビッグボーイ、ブルーノートや三条通神宮道近くのカルコ、マッコールなどへ、ジャズ好きの先輩画学生に連れて行ってもらった。しかし喫茶店をひたすら「しゃべる場所」と思い込んでいた当時の僕にとって、

学者や文化人も集まったサロン

ジャズ喫茶は音響に邪魔されて話が聞き取れず、ついつい大声を出して疲れ切ってしまう。何よりもジャズという音楽になじめないまま、あまり落ち着ける場所にはとうとうならなかった。

ジャズ喫茶にかわって僕が行くようになったのが「名曲喫茶」だった。浪人時代に通っていた関西美術院で知り合ったM子はクラシック音楽が好きだったので、一緒に名曲喫茶へ入ることが多くなっていった。クラシック音楽と言えば、「運命」と「悲愴」しか知らなかった僕は、名曲喫茶でも音楽をじっくり聴くよりも、あいかわらず大声でしゃべっていたので、近くの席の人から「シィーッ、静かに！」とよく注意されたりしたものだ。

当時の京都には名曲喫茶がたくさんあったが、叡電出町柳駅前の柳月堂、寺町御池上ルの再会、河原町通・木屋町通周辺にあった夜の窓、ルーチエ、みゅーず、ソワレなどを思い出す。そんな

中でも一番よく行ったのは、築地とフランソワだったかなあ。

とくに西木屋町四条下ルのフランソワが好きで、今も仕事帰りに時々立ち寄る。この店を知ってから五十年近くになるが、フランソワという店名が、バルビゾン派の画家ジャン＝フランソワ・ミレーに由来することを迂闊にも長い間知らなかった。またバロック建築風の室内にはモナリザやフェルメールも飾られているが、南側の壁面にずうっと架けられていた風景画が関西美術院の大先輩・伊谷賢蔵のものだと知ったのはつい数年前のことだ。

創業は一九三四年で、戦前京都の人民戦線の文化運動とも深く関わりのある輝かしい伝統をもち、戦後の民主主義運動の担い手たちもここに集っていたと資料に書いてある。そう言えば、この店で著名な学者や文化人を見かけたことが何度もある。

周囲の店舗はどんどん変わったが、フランソワだけは昔のままだ。懐かしい外観をスケッチしていると、石膏デッサンに夢中になっていた頃の僕自身を取り戻せるのが嬉しい。

真如堂から黒谷へ

祖母が教えてくれた歌

喫茶店の話をあれこれ書いていて、唐突に思い出したことがある。

明治三十二年生まれの祖母は、日本昔話だけではなく、歴史物語、講談、落語など面白い話をいっぱい知っていた。祖母と一つの布団で寝ていた幼い僕は、毎晩いろんな話を聴くのが楽しみだった。歌もたくさん教えてもらったが、祖母が間違って憶えていてそのまま教えられたものもある。その一つが「東京ラプソディ」という歌だった。

「花咲き花散る宵も、銀座の柳の

下で、待つは君一人、君一人、会えばゆくティールーム」という歌詞で、この「ティールーム」は言うまでもなく喫茶店のこと。しかし祖母はその意味もわからぬままに「テンリュウム」と自信満々に歌っていたので、僕も真似して「テンリュウム」と歌っていたことは恥ずかしいが、いい歌も教えてくれたので、ひとまず許しておこう。

祖母の歌の多くが、幼稚園や小学校では教えてくれないものだったのに、そっちの方を今でもよく憶えているのが不思議だ。そんな歌のひとつに「青葉の笛」がある。

祖母は「平家物語」が好きだったので、源平合戦の話もよくしてくれたが、一の谷の合戦で熊谷次郎直実に討たれた平敦盛を歌ったのが、「青葉の笛」だ。ある日、祖母に手をひかれて真如堂から黒谷（金戒光明寺）を歩いた時のこと。

「一の谷のいくさ破れ、討たれし平家の公達あわれ……」と歌いながら、金戒光明寺本堂の右手に立つ松の木の前へ僕を連れて行った。「これが熊谷鎧掛けの松や、直実は敦盛を討ってしもうたのが悲しかったんで、ここで鎧を脱いでお坊さんになったんやで」と祖母が教えてくれた。これまで物語や歌で聞いていたことと実際の風景とが重なり合い、幼い僕には余計に感慨深かったのかも知れない。

祖母の話の中には、歴史的事実とはかけ離れたケッタイナ話もいろいろ紛れ込んでいたものの、京都にはこんな歴史物語の史跡がいっぱいあることを教えられた。教科書で読んだものよりも、祖母に連れられて見た場所ばかりが郷愁の風景となって残っているようだ。

真如堂南東から黒谷へ抜ける道をスケッチしながら、この先にある会津藩墓地前で「戦雲暗く陽は落ちて、孤城に月の影悲し……」で始まる白虎隊の歌を祖母に歌ってもらったことを思い出していた。僕には一緒に連れ歩く孫はいないが、忘れてしまう前に誰かに歌って聞かせておかなければと思うこともある。

椹木町通の佐々木酒造

「酒屋万流」その後

「京都民報」に「酒屋万流」と題した酒蔵探訪記を連載させてもらったのは二〇〇三年のこと。京都府内に点在する個性豊かな酒蔵をめぐり、酒造りの面白さやご苦労話を聴かせてもらったことは、勉強にもなり楽しい仕事だった。ただアルコール・アレルギーで酒蔵とは縁がなかったので、取材先の酒蔵で利き酒をすすめられるたびに「下戸であきませんねん」と毎回断っていたのが心残りだ。それでも京都市内だけでなく、綾部、福知山さらには丹後由良や久美浜など京都北部まで足を運び、酒蔵探訪を口実に行く先々で風景スケッチをさせてもらったのがいい思い出となっている。

あれから十数年の歳月が経ってしまったが、取材がきっかけになったのか、スケッチ旅行に出ても、ご近所散策をしていても、軒先に杉玉がぶら下がった古い造り酒屋についつい目が向くようになっている。古い街道をスケッチする時は、画面に酒蔵が入るだけで興が乗ってしまうのだ。

ある午後、春めいた陽ざしに誘われとくに目当てもなく市中をぶらつき、西陣にたどりついていた。このあたりはまだまだ昭和の面影を残す町家が並んでいる。その一軒、佐々木酒造をスケッチすることにした。十数年前には椹木町通の東角から描いたが、今回は午後の光を受けて、西側から酒蔵を中心に描いてみた。

佐々木酒造は、洛中ただ一軒の蔵元だ

が、それ以上に今や人気俳優・佐々木蔵之介の実家として有名になっている。現在の佐々木晃社長は蔵之介さんの弟で、取材時には専務取締役の名刺を出してにこやかに応対してもらった。その時のお話の中で印象に残っていることがいくつかある。この地は豊臣秀吉建立の聚楽第の南端に位置し、「出水」という名が残るほど美味な湧き水があり、千利休が茶を点てたことでも名が高まったとのこと。現在もその水から純米大吟醸「聚楽第」を造っているが、その一方、近年の高層マンション建設の影響で、貴重な地下水系が寸断される心配もあるらしい。そんな環境下でも伝統の酒造りを継承・発展させようとする若い意気込みに話を聴くこちらまで勇気づけられた記憶がある。

いまさらではあるが、その心意気に呼応し酒をどんどん買い込みたいものの、悲しいかな相変わらず酒が一滴も飲めないままの僕だ。この懐かしい酒蔵風景を水彩スケッチに残すことぐらいしかできない自分がちょっと情けない。

桂川河畔からの愛宕山遠望

見るだけの山に

桂川河畔へ時々スケッチに行く。今回は上流に向かい、愛宕山を遠景に描いてみたが、嵯峨野あたりで間近に見上げる愛宕山とはまた一味違った姿になるのが面白い。どんな山でも眺める場所によって違った形に見えるのはあたりまえのこと、比叡山も南からはなだらかに見えるが、北へ行くほど鋭角的になる。

京都盆地で生まれ育った僕にとっては、四季折々また一日のうちでも刻一刻と表情を変えていく周囲の山々も心なごむ郷愁の風景だ。東山

比叡山と愛宕山の高さくらべ

三十六峰に朝日を拝み、西山の稜線に沈みゆく夕日を見て一日を終える、盆地暮らしもまんざら悪くはないようだ。

　ところで愛宕山と比叡山について、子供の頃、祖母からこんな話を聴いたことがある。愛宕山と比叡山が「どっちが京都でいちばん高いか」で言い争った、やがて口喧嘩だけでは収まらず、手の早い比叡山が愛宕山の頭を殴った、その時にできたコブの分だけ愛宕山の方が高くなったという。そう思って眺めると、愛宕山の頂上は確かにコブで盛り上がったように見える。九二四メートルの愛宕山、八四八メートルの比叡山だから標高差七十六メートルの巨大コブと言える。

　若い頃、愛宕山や比叡山へもよく登ったものだが、近年はトントご無沙汰してしまっている。僕の同窓生たちは、「山登りの会」をつくって、月に一度は山歩きをしていて、僕も誘われて連れて行ってもらったことがある。もう三年ほど前

のことだったが、「スケッチ道具を持って行ってもかまへん」という優しい言葉につられてノコノコついて行った。最初は休憩時間に遠慮しながら描いていたのだが、だんだん厚かましくなって、いい景色に出会うたびにスケッチブックを開いた。すっかり歩くペースを乱された友人たち、それからというもの、二度と誘ってくれなくなっている。

そんな事情もあって、スイスへ旅しても、北海道や信州へ行っても、山々は僕にとって登るものではなく、すっかり遠くから眺めるものになってしまったわけだ。ふと太宰治とも親交があった作家・木山捷平の「見るだけの妻となりたる五月かな」という句を思い出して笑ってしまった。しかしこれは苦しい病床にあった木山の句で、句を詠んだ三ヵ月後に六十四才で亡くなっているというから、決して笑ってなんかいられない。僕も元気なうちにせいぜい登っておくかなあ、いや山の方だが。

円山公園音楽堂での憲法集会

野外音楽堂にて

五月三日、久しぶりに憲法集会に参加した。改元騒ぎのどさくさ紛れに9条改憲をねらう安倍政権への怒りを表したいと思ったのは事実だ。しかしそれだけではなく、ぐうたら口先人間の僕が重い腰をあげたのには別の理由があった。憲法集会の開かれる円山野外音楽堂も、僕にとっての郷愁の風景の一つであることをこの機会に再確認したかったからだ。

と言うのも、この円山音楽堂には忘れられない遠い昔の思い出があ

初めての政治集会の高揚感

る。確か高校二年生の時、親しい友人たちと一緒に「平和研究会」というサークルをつくり、沖縄問題やベトナム戦争について勉強会をしていた頃のことだ。ある時、「沖縄即時無条件全面返還要求」を掲げた円山集会が開かれ、サークルのメンバーに誘われて僕も参加することにした。小雨の降る午後だったが、初めて政治行動に加わったという若い高揚感が僕らを包んでいたのだろうか、誰も傘もささずに会場へ入っていった。

小学校時代の恩師・能勢先生に偶然出会ったのは、この時この音楽堂だった。小学校卒業後、中学時代にはご自宅まで時々遊びに行っていたが、高校生になってからは一度も会っていなかった。高校でのサークル活動のことを僕が話すと、「そうか、オモロイことをやってるんやなあ！」と大声をあげて喜んでくれた。僕には政治集会の意義よりも、恩師にこのような集会で会えたの

が何より嬉しかったことを今も憶えている。

それ以降も先生には集会やデモで何度か顔を合わせたが、そのたびに大きな手で握手をしてもらえたことを忘れない。晩年は膠原病と闘いながら、個性的な油絵を描かれ、その個展会場であれこれ話したことも懐かしい。

そんな先生が亡くなられて十年を経た今、かつて先生と再会したこの野外音楽堂をスケッチしてみた。いろんな風景を描いてきたが、三三〇〇人もの姿を描くことはめったにないので、少々とまどってしまった。ましてや「安倍9条改憲NO!」へのたぎる熱気を描くには僕の絵筆は未熟すぎる。それでもこの音楽堂のおかげで、正義感に燃えた高校時代の自分自身を呼び戻せたことはありがたかった。

一九二六年に開堂された円山野外音楽堂には、たくさんの人々が集ってきた長い歴史があり、おそらくさまざまな出会いや別れのドラマもあったのだろう。きっとここには三三〇〇のそれぞれにかけがえのない郷愁の風景があるのだろうなあとの感慨に耽るのであった。

木屋町二条下ル

木屋町歴史散歩

ある秋、水彩画の師匠・川浪進先生のお招きで、北大同窓会主催の歴史散策にご一緒させてもらった。木屋町通を四条から二条まで高瀬川をさかのぼって歩き、僕がその道案内をすることになったのだ。日頃から一緒にスケッチ旅をするたびに、その土地の歴史について川浪師匠と語り合うのは至上の愉しみになっているものの、僕がとくに歴史に詳しいわけではない。ただ知っているとすれば、幼い日に祖母から聞いた昔話に毛の生えた程度の歴史物語と

歴史の面影残す大人の街

チャンバラ映画で得た怪しげな知識だけだ。しかし浅学菲才の弟子を少しでも世間に出してやろうという師匠の親心をありがたく思い、案内役をお引き受けした。

かつて僕らが気軽に映画を観たり買い物で歩いていた新京極通や河原町通に比べると、木屋町通はずうっと大人の街という雰囲気があった。もっと大人は一筋東の先斗町を歩き、さらに大人は鴨川以東の祇園町を歩いているというイメージでいた。しかしそんな木屋町通に僕が郷愁を覚えるのは、高校時代から夢中になって読んでいた司馬遼太郎の小説の影響が大きいように思う。『竜馬がゆく』や『燃えよ剣』に登場する史跡を探してこの界隈を歩いた日々が忘れられないからかも知れない。

もともと木屋町通という名は、高瀬川沿いに軒を連ねていた材木商（木屋）が由来だと言われる。坂本龍馬の寓居・海援隊屯所址として史跡になっている酢屋もお酢を

売っていた店ではなく、材木商の屋号だった。そしてこの酢屋だけでなく、土佐藩邸や中岡慎太郎寓居が、龍馬暗殺の現場である近江屋とはすぐ目と鼻の先にあることも歩いてみると実感できる。また池田屋が長州藩邸や桂小五郎寓居から間近にあったこともわかる。さらには池田屋を奇襲する近藤勇隊から分かれて土方歳三隊が探索に向かった四国屋も池田屋から一〇〇メートル少々しか離れていないのだ。映画やドラマで近藤隊のみで闘っていた時間が結構長く描かれているが、その間、土方隊はいったいどこまで行っていたのかという疑問がわく。

この木屋町通も、近年どんどん様子が変わってしまった。土佐藩邸址にあった元立誠小学校もホテルに改装されるらしいし、若者向けの居酒屋やカラオケ店が並び、外人観光客で賑わう町になっている。せめても昔の面影がこれ以上失われないうちにと、時々スケッチに訪ねるようにしている。今回は『花神』の主人公・大村益次郎が襲撃された御池上ル付近を描いてみたが、まだ大人の街の雰囲気が少しは残っているように思えた。

寺町御池の竹苞書楼

ふるい古書店

「ふるい古書店」という表現は何やら奇妙かも知れない。しかし同じ古書店でも、近年に出来たブックオフのような「新しい古書店」が確かにあるのだから、昔から何代にもわたって続いている古書店のことを「ふるい古書店」と呼んで何ら間違いではないはずだ。

寺町御池下ルにある竹苞書楼などは、そんな「ふるい古書店」の最たるものではないだろうか。「書楼」という名前自体が古めかしくて心魅かれる。何しろ寛延年間の創業だと

青臭い議論で盛り上がった時代

のことだから驚く。気安く（？）寛延年間などと書いているが、寛延といえば八代将軍・徳川吉宗が亡くなり、息子の家重が将軍職を継いだ頃で、今から二八〇年も昔のことだ。「寄らば斬るぞ」のそんな時代に、初代惣四郎さんが出版業として開設し、文化サロンとして池大雅たちとの交流もあったと案内文に書いてある。

その後、天明の大火や蛤御門の変で店舗が焼失し、建替えられたとは言え現存の建物自体が当然ながら江戸期のものなのだ。幕末京都にあって、新選組副長・土方歳三が趣味の俳諧本を探して、一人こっそりこの店で立ち読みを楽しんでいたかも知れない。本能寺門前にしゃがみ込んでスケッチしながら、そんな白昼夢にふけっていた。

この竹苞書楼のような「ふるい古書店」がきっと京都にはたくさんあるのだろうが、僕が若い頃から回っていたのは、どちらかと言えば「新しい

古書店」の方だった。京大周辺、寺町通から河原町通まで、マルクス主義経済学・哲学やロシア文学・思想史など、少しでも安い値段の本を見つけることを楽しみに、一日中飽きずに古書店巡りをしたものだ。しかし今は下鴨神社や百万遍知恩寺などで開催される古本まつりをのぞくことはあっても、一冊の本を求めて歩き回る気力・体力がなくなってしまった。

古書店めぐりのことを書いていて、僕の学生時代にベストセラーになった柴田翔『されどわれらが日々』のことを思い出した。「私はその頃、アルバイトの帰りなど、よく古本屋に寄った……」という書き出しで、主人公がH全集を古書店で買うことから展開していく物語が印象に残っている。現在日本でどう評価されているのかはわからないが、この小説をきっかけにして政治思想や学生運動、さらには恋愛や人生論など、青臭い議論で盛り上がったことから思えば、間違いなくあの時代の雰囲気を反映していたのかも知れない。今もたまに古書店の一隅にこの本を見つけると、胸の奥で微かに反応するものがある。

千本丸太町付近の理髪店

散髪屋さん

映画『この道』を観た。詩人・北原白秋と作曲家・山田耕筰を主人公にした話だったが、郷愁そそられるシーンがいくつもあった。タイトルは言うまでもなく北原・山田コンビが作った「この道はいつか来た道……」という有名な歌からとられている。他にも二人が作った歌がいっぱい出てきたが、「あわて床屋」もそのうちの一曲だ。あわて者のカニの床屋がウサギの耳を切り落としてしまうコミカルな歌と白秋のイメージとが以前は結びつきにくかったが、同姓の大森南朋が演じる天真爛漫なダメ男・白秋を見ていて何やら納得できた。

ところで「床屋」という言葉、現在は何故か放送禁止用語になっているらしいが、落語には「浮世床」など床屋の登場する話もいろいろあって、この言葉が好きだ。祖母も「床屋さん」と言い、僕らの世代は「散髪屋さん」と呼んでいたが、現在は「理髪店」。

街角に欠かせない憩いの場

町歩きをしていても、赤・青・白のポールがクルクル回っている散髪屋は結構目立つ。今では落語で描かれたように町の若い衆の憩いの場になっているわけではないが、やはり街角風景には欠かせない。そんな散髪屋の一軒を勤務先の千本丸太町近くで見つけ、休務日に出かけてスケッチしつつ懐かしい日々を思った。

僕の幼い頃、すぐご近所の散髪屋には早いうち

からテレビがあり、散髪に行くと「テレビ観覧券」みたいなものがもらえた。家にテレビがまだなかった僕らは、「月光仮面」が見たい一心で散髪に行っていたのだから、この店はなかなか商売上手だったのかも知れない。ただそのうちに僕ら一般家庭にもテレビが普及してからは、もともと散髪嫌いの僕はだんだん散髪屋から足が遠のいていったように憶えている。そして僕の高校・大学時代は長髪が大流行していたのに便乗して、余計に散髪屋へは行かなくなったのだ。

その後、「『いちご白書』をもう一度」の歌詞にあるとおり、「就職が決まって髪を切ってきた時……」また散髪屋とのおつき合いが始まり、商社勤めの十年間だけは真面目に（?）散髪屋へ行っていた。しかし商社を辞めて以降、この四十年近く散髪屋へは行ったことがない。整髪料金を節約するために、妻が散髪道具を買ってきて僕や娘たちの髪を切ってくれるようになったからだ。経費節減への貢献だけでなく、年々薄くなる僕の頭頂部を隠そうとする涙ぐましい努力についても感謝しなければなるまい。幸いにして、今のところまだ耳を切られたこともない。

下御霊神社の土塀

あめあめふれふれ

前回に続いて北原白秋の歌から書き始めたい。白秋作詞の童謡に「あめふり」というのもあった。「あめあめふれふれ母さんが蛇の目でお迎え嬉しいな、ぴちぴちちゃぷちゃぷ、らんらんらん」という楽し気な歌だが、僕にはこれを耳にするたびに胸が疼く古い記憶がある。

小学校に入って間もない頃のことだった。下校時にきつい雨が降っていた。空模様が怪しい日は、朝から雨傘を持って登校するようにしていたが、この時は井上陽水の歌にある

うれし悲しい雨降りの記憶

とおり「傘がない」。家が近い者には傘を持ったお母さんが迎えに来ていたが、僕の家は子供の足で三十分かかる吉田山の東側にあった上に、その頃、母が病気で寝ていたので期待などしていなかった。お母さんと一緒に帰っていく友達の姿を横目に、僕は雨の道を駆け出した。東一条の電車道を過ぎて、京大時計台前あたりを走っている時、揺れるランドセルでバランスをくずしたのか、雨で濡れた舗道で足がすべったのか、とにかく派手にひっくりかえってしまった。ドロドロになったことだけでなく、何やら惨めな気分で泣きながら家へ帰った。それ以降、時々は祖母が傘を持って迎えに来てくれたが、上級生になるにしたがい、少しくらいの雨では傘なしで歩く癖が身についたようだ。

そんな幼い日の記憶が影響したわけではないのだろうが、今でも少しくらいの雨なら濡れても平気だし、用心深く雨傘を持って歩くことがど

うも性に合わない。鬱陶しい雨降りの日には、若い頃に観たフランス映画『シェルブールの雨傘』を思い浮かべるようにしている。少し前に亡くなったミシェル・ルグラン作曲のテーマ音楽が耳の奥に流れるだけでロマンチックな気分になれる。それでもダメな場合、『明日に向かって撃て』に使われたバート・バカラック作曲の「雨にぬれても」を口ずさんでみる。これらの曲は白秋の歌よりも「らんらんらん」気分になれること請け合いだ。

ただし、そんな雨降りも実は水彩絵具にとって天敵みたいなもので、スケッチに行く前日「明日は雨」との予報で、らんらん気分にまさに「水をかけられる」。またスケッチの際中にわか雨に遭い、そそくさとスケッチ道具を片づけたことがこれまでに何度あっただろう。今回も寺町通を描こうと出かけてきたが、急の雨にたたられた。少し意地になって軒先から下御霊神社を描き続け、雨の日の郷愁を満喫してきたというのは、いささか負け惜しみかなあ。この古い土塀も今は修築されてしまい、風情がなくなったのは残念だ。

京都御苑の森の文庫

都会の中の森

自分の苗字が大森だからというわけではないのだが、「森」という字が気にかかる。木を二つ並べて林という漢字にしたのも納得できるが、林の上に木をもう一本乗せて森としたことに先人の知恵を感じてしまう。木を横に三つ並べてしまわずに、立体にしたことで森のイメージが膨らむように思う。

もとより日本は緑で覆われた国で、国土に占める森林比率がきわめて高いと言われていた。風景スケッチをしていても、画面にどうしても木が入ってしまうし、木を入れることで絵が落ち着く場合も多い。とは言いながら、この木を描くのがなかなか難しく、僕はどうも苦手だ。しっかりと大地を掴む根っこ、空に向かって立つ幹、四方八方に伸びるたおやかな枝葉……これらが上手く描けない。ある画家は「自分が木になったつもりで描くことがコツ」と言っていたが、修行不足の僕にはとても「その木に」なれない。あまり木の一本ずつに注力していると、風景全体とのバランスがとれず、まさに「木を見て、森を見ない」という間違いに陥ることもよくある。

そんな苦手だが魅力溢れる風景を求めて、森の中へ入ってスケッチをする。しょっちゅう訪ねる糺の森や鷺森だけでなく、郊外へ足を延ばすとまだまだ自然風景に事欠かない。しかし市内の中心・京都御苑の中にこんなところがあることを、最近まで知らなかった。御苑の北

東、石薬師御門から少し入ると、灌木に囲まれてこんもりとした場所が以前からあったが、そこが「母と子の森」と名付けられている。鳥・昆虫・植物図鑑などが並べられた小さな図書コーナー「森の文庫」もあり、木製の机やベンチで読書や調べものをしながらゆっくりとすごせる都会の中の森なのだ。

先日、高校時代の同窓生たちと一緒にスケッチで訪ねた。僕らが高校生の頃、ここの南側には「饗宴場」と名付けられた大きなグラウンドが広がっていた。「体育の時間や放課後のクラブ活動でよく走り回ったなあ」、そんな思い出話をしながら森の絵を描いていると、不思議な安心感に包まれる。しかしその「饗宴場」は今や跡形もない。樹々の向こうには、市民の反対運動を無視して二〇〇五年に建設された迎賓館が自然風景を遮っているのだ。迎賓館に邪魔されない構図で郷愁の森を描きながら、あらゆる動植物の生命を養い、雨水を蓄え豊かな土壌を生成する森の役割を再認識するのであった。

植物園の水車

水車がまわる

前回の森の話からの連想で府立植物園の森について書く。一九二四年に日本初の公立植物園として開園したが、終戦後一九四六年から占領軍居住用地として長く接収されていたので、僕らが知ったのは一九六一年に再開園された時のことだった。当時、小学六年生になっていた僕は、友人たちと自転車を連ねて早速遊びに行った。しかし岡崎動物園のように観覧車や汽車などの乗り物があるのかと期待していた僕らは、少々がっかりした記憶がある。

豊かな自然とともに生きる

「植物園がっかり話」をもう一つ、二十年くらい前には「六十歳以上の方、入場無料」となっていたので、六十歳になって自由に出入りできるようになることを密かに楽しみにしていた。ところが僕ら団塊世代が六十歳に達した十年前、「入場無料は七十歳から」になってしまい、がっかりさせられた。やっと七十歳になる今、「無料は七十五歳から」に引き上げられないようひたすら祈っている。

さてその植物園スケッチのこと。草花を描くのが苦手なせいか、バラ園や大温室へはあまり足が向かない。北山門から針葉樹林を西へ抜け、蓮池や神社がある「なからぎの森」へ行くことの方が多い。

ここには僕好みのスケッチポイントの一つ、水車小屋がある。信州安曇野の大王わさび農場にも、黒澤明監督晩年の映画『夢』の撮影地として有名になった水車があり、一度挑戦したが上手く描けなかった。そこで「安曇野の仇を植物園で」というわけでもないのだが、

再挑戦することにした。川合玉堂の「四季山水／彩雨」に描かれた水車に憧れつつも、水を受けてゆるやかに回転する水車の動きが僕の未熟な筆ではとらえきれない。

もともと水車は水流エネルギーを揚水・脱穀・製粉・発電などに利用することから発明されたものだ。しかし機械化やエレクトロニクスの進展でどんどん姿を消してゆき、僕の少年期には里山で時々見かけるくらいに激減していたから、余計に郷愁を覚えるのだろうか。野山から水車の姿が消えてゆくのと時を同じくして、日本はエネルギー政策の方向を誤ったのではないかと、根拠もはなはだ希薄ながらふと思った。森や河川など豊かな自然と共に生きる道には、原発事故など起こり得ないのではないかと思えてならない。

水車と同じように、水の流れを使って田畑に近づく鳥や動物を驚かせる「鹿威し」も、古刹の庭以外ではあまり見かけなくなってしまったが、この竹筒が打ち鳴らす「カーン」という音が郷愁の響きとしてだけでなく、自然環境破壊への警鐘として聞こえてしまうのだ。

室町通三条下ル

祇園祭コンチキチン

私事で恐縮ながら、僕は祇園祭の宵々山に生まれた。祖母からよく聞かされた話によると、予定日の一五日の朝、産婆さんが診に来てくれて、母の出産は夜になるだろうということだった。近所にもう一人産婦さんがいたので、産婆さんはそちらへ先に回り、午前中に女の子を取り上げ、夕方になって産気づいた母が夜に僕を産んでくれたらしい。同じ日に生まれたその女の子Kちゃんとは小学校で同級生になったこともあったが、その後どうしてるのかわからない、元気にしているのだろうか。

誰が詠んだのか知らないが、「誕生日　母が死のうとした日なり」という句を憶えている。

祇園祭前後の一年で一番暑い時期に汗まみれで僕を産んだ後、病気になった母を思うと、何やら申し訳ないような気もする。

祇園祭と聞いてすぐに連想するのが、母親のことよりも幕末動乱期の池田屋事件だ。コンコンチキチンの祇園囃子を耳にすると、宵山の人垣をかき分けて進む新選組一隊の姿が目に浮かぶのは、チャンバラ映画の見過ぎかも知れない。そう言えばもう一つ、西口克己原作の映画『祇園祭』のことも忘れてはいけない。一九六八年に、時代劇映画の復興を意図した映画人たちの奮闘と蜷川民主府政の支援によって完成した映画だった。応仁の乱で中断した祇園祭再興をめざす町衆の

反権力エネルギーを描いた内容が、当時映画界を支配していた五社協定に抗して独立プロ製作となった映画づくりと重なり、他の映画とは違った感慨をもって見た記憶がある。

映画でも描かれた京の町衆の心意気で継承されてきたこの祇園祭、近年は山鉾巡行だけでなく、宵山、宵々山にも鉾町へ観光客がどっと押し寄せ、狭い路地がごったがえす。室町通三条あたりはゆっくりスケッチもできないので、少し離れたところから描いてみた。

数年前に亡くなった梅棹忠夫さんが三十年以上前の著書において、すでに「観光公害を危ぶんでいた」と先日の新聞記事で読んだ。安倍政権の観光戦略に京都府・市が安易に便乗し、ホテル・簡易宿所建設を目的にした規制緩和が風情ある町家風景をどんどん壊していることにも危機感を抱いてしまう。住民の暮らしや京都の伝統文化・産業を守り発展させることの重要性を、コンコンチキチンと響く祇園囃子の下でじっくり考え直してみなければと思っている。

夷川発電所付近の疏水

泳げた日のこと

幼い頃の僕は身体が小さくて運動神経も劣っていたからか、友達が簡単にやっていることでも、できないことがいくつもあった。ひょっとしたら、そんなコンプレックスを現在も引きずり、いじけて生きているのではないかと思うことがある。とうとう自動車運転免許を持たないままこの年齢になったし、ついでながら「携帯電話と孫は持たない！」と意地になっていることとも無関係ではないのかも知れない。

小学生の頃を振り返ってみると、

涙が出るほど優しかった人と時代

自転車に乗れない、鉄棒の逆上がりが出来ない、そして泳げないという「三拍子揃った」惨めな状態だった。今日のような弱い者イジメが罷り通る時代なら、僕なんか真っ先にイジメの対象になったのだろう。しかし、僕らの時代は、いま思い出すだけでも涙が出るほどに、先生も友達もみんなが優しかった。

自転車に乗れないばかりか、子供用自転車を持っていない僕のために、友達が自分の自転車を使って、児童公園で乗れるようになるまで付き合ってくれた。

体育授業で逆上がりができない僕に気づくと、担任の能勢先生はクラスで鉄棒の一番得意なミッチョという女の子に頼んで、放課後、僕に逆上がりを教えさせた。その後、ミッチョはほんとうの学校の先生になったから、僕も少し役に立ったのかも知れない。同窓会で会った時、彼女にこの

ことを言うと、「そんなことあったかいなあ」と笑っていた。

こうして小学三年生の頃、先生や友達に助けられて、自転車に乗れるようになり逆上がりもどうにか出来るようになった。しかし泳げないままでの「カナヅチ生活」は、その後もしばらく続いていた。現在の僕なら、「足をしっかりと大地につけて歩くのが人類の特長だ、泳ぐのはイルカやオットセイに任せておけばいい！」くらいの屁理屈で言い逃れたのだろうが、小学生の頃はそんな知恵もまわらず、夏が来なければいいのにと思うことさえあった。

そんな僕が初めて泳げたのは、小学五年生の時、水泳教室用に岡崎疎水を堰き止めた踏水会（当時は武徳会と呼んでいた）でのことだった。みんな並んで顔を水につけて足をバタバタする練習で、少し身体が浮くようになっただけで、「ボク、泳げたわあ！」と家へ帰って祖母に報告した日のことを忘れない。

かつて踏水会のあった夷川発電所付近をスケッチしながら、そんなことをあれこれ思い出していた。

嵐山中之島

終戦記念日に

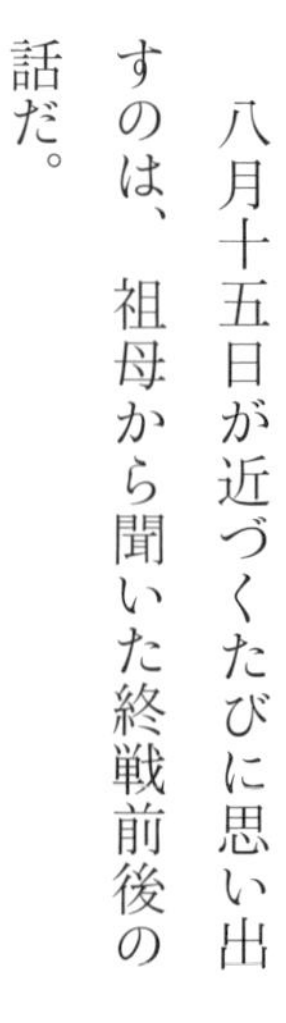

八月十五日が近づくたびに思い出すのは、祖母から聞いた終戦前後の話だ。

祖母は幼い頃から僕にいろんな話をしてくれたが、今から思うとあまり戦時中の暗い話は聞いたことがなかった。祖母の夫、つまり僕の祖父についての思い出話をする時も、たいがいは楽しそうだったことを幼心に憶えている。

「あんたのおじいちゃんはけったいな人でなあ、しょっちゅう困らされたもんやけど、一つだけエライと思

戦争さえなかったら……

うたんは、早いうちから今度の戦争は負けるからお前らも覚悟しとかんとあかんでと言うたはったことや」

それは祖母の自慢話だったのかも知れない。そしてその話の続きに決まってポッリと独り言のようにつけ加えた言葉も僕は忘れない。

「戦争さえもっと早よう終わってたら、おじいちゃんは死なんでもよかったんや」

祖父は肺結核で終戦まもない一九四六年二月に五十三才で亡くなっている。闘病中の栄養が一番必要な時に、終戦前後で食糧事情が悪く、充分な食べ物を口に出来なかったことが病状悪化の原因だったと祖母は悔しかったに違いない。

そんな終戦記念日が今年もやってくる。安保法制化以降、どんどんエスカレートしていく安倍政権の危険な動きを見るにつけ、かつて「戦争を知

らない子供たち」と呼ばれた僕らだが、戦時生活を経験した人から直接話を聴くことができた世代としての役割をあらためて噛みしめたいと思う。

ある日の午後、ぶらりと訪れた嵐山は、今では一年を通して人出が絶えない観光地になっている。清水寺の故・大西良慶貫主の揮毫した「日中不再戦碑」の前で中之島風景をスケッチしたが、料亭の嵐山錦の前の道はなかなか風情があってついつい描きたくなるのだ。石碑が涼しい日陰をつくって、夏の強い日差しから僕を守ってくれている。その恩恵に報いるためにも、郷愁の風景の中に反戦・平和への願いを描き込みたいと思うのだが、悲しいかな僕の画才ではとても無理のようだ。

スケッチしているのをめずらしそうにのぞき込んでゆく観光客もいる。中でも中国人旅行者がひときわ多いから、せめてこの「日中不再戦碑」の由来だけでも、カタコト中国語で説明出来るよう、いっぺん図書館で調べたいと思っている。

銀閣寺道から大文字山へ

送り火のあとさき

八月十六日は大文字の送り火の日だ。かつては毎年この日を忘れることはなかったが、近年は翌日の新聞記事を見て「あっ、そうや、昨日の夜が送り火やったな」と後になって気づくことが多いようだ。

二十歳過ぎまで吉田山東麓に住んでいたので、自宅の二階から真正面に大文字山が一望できた。あまりに近すぎて、送り火の日の昼間に大文字を眺めていると、火床の一つずつがよく見えて準備作業をしている人たちの動きまでがはっきりわかったほ

暗闇に浮かび上がる炎の文字

どだ。

それでも幼い頃は送り火の夜を心待ちにしていたし、家の前にたくさんの見物人がおしかけてくるので、何やらお祭り気分になってソワソワしたものだ。いつもよりも早めに夕食を食べて、暗くなるのを待った。午後八時になると、大の字の中心点に火がつき始め、煙に包まれながら徐々に赤い炎が大という文字を描いてゆくと大きな歓声が上がる。物干し台に座り、丸いお盆に入れた水に大文字の火を映して飲んだりもしたが、生温かくとくに美味しいわけはなくて、僕には同じお盆に並べたスイカを食べることの方が待ち遠しかった。

中学生、高校生になると、送り火を家でじっくり見ていることは少なくなっていった。ある年の送り火の日、友人たちと日中から大文字山に登り、こっそりと大の字の右上まで上がり、送

り火が始まるのに合わせて焚き火をして「犬文字」にしようとしたことがあるが、炎が小さすぎて失敗に終わった。次の年は「太文字」にしようかとの話も出たが、こっちも企画倒れに終わった。

もう一つ印象に残っているのは、送り火の翌日に大文字山へ登ったことだ。大の字を描くための火床は全部で七十箇所ほどあるが、前夜に焚かれた薪や無病息災を願って奉納された護摩木が、黒々と大量に残っていた。この消炭が厄除けになると言われていたので、僕らはたくさん持ち帰って近所に配って回って喜ばれたことも思い出す。

大文字山の山裾には銀閣寺があるが、その前を通って山に登ることはあっても、門内に入ることはめったにない。今回も白川疏水沿いの参道でスケッチした後、お寺に背を向けて向かったのは、高校時代によく通っていた「中華そばのますたに」だった。ここの本店しか僕は知らないが、今や京都駅前だけでなく東京日本橋へも進出しているらしい。カウンターで昔ながらのラーメン（並六五〇円）をすすり上げると、芳醇な郷愁の味がした。

西陣の裏路地

夏の終わりに

地蔵盆が京都など限られた地域での風習だと知ったのは、もうそこそこの大人になってからのことだった。それまでは日本全国どこでもやっている行事なのだと思い込んでいた。大学生になって、他府県それも近畿圏外出身の友達としゃべっていて、「ジゾウボンってなんのこと」とたずねられてびっくりした記憶がある。「八月の終わり頃に、町内のオジサンやオバサンたちが、子供におやつをくれたり輪投げや花火で遊ばせてくれるんや、そうそう福引きもさせてもらえたんやで」と言っても、今ひとつピンときてもらえない。いや説明しているこっちも、そもそも地蔵盆とは何かをあらたまって歴史的・社会学的に考察したことなんかない。なんのことやらわからないままに、子供たちにとってありがたいこの風習を享受していたわけだ。

ご近所の大人たちが路地の一隅に、テントを張りゴザを敷いてくれたところが俄かづくりのイベント会場になる。僕ら子供たちの名前を書いた提灯がテントの軒先に釣り下げられていた。配られたおやつを食べながら、ゴザの上でトランプをしたり五目並べをした。夜になっていつもなら家へ帰る時刻になっても、ロウソクに火がついた明るい提灯に囲まれて騒いでいる分には、大人たちも怒ったりしない。スイカ割りをしたこともあったし、紙芝居や幻燈を見せてもらったりもした。

そんな僕らにとってパラダイスのよ

うな地蔵盆は、もともと子供らを見守ってくれている町内のお地蔵さんのお祭りだった。ただ昭和二十～三十年代には、都会の真ん中にもこんな牧歌的な風習が盛んであったこと、それが現在も一部に継承されていることは、宗教的意味を離れて意義のあることだと思う。ここには、町内ぐるみで子供たちを慈しみ育ててきた地域社会の確かなぬくもりが感じられた。スマホやケイタイがなくても僕らはつながっていたし、テレビゲームがなくても一緒に楽しく遊んでいた時代が間違いなく存在したのだ。

地蔵盆が済むと、長い夏休みも終わりが近づく。夏の終わりのさびしさを感じるのはこの時だ。楽しかった思い出と一体となってはいても、そこには奇妙な切なさがあった。ひょっとしたら、その瞬間、幼いなりに「過ぎゆく時の哀しさ」を学び始めていたのではないだろうか。かつて地蔵盆のテントの下でゴザが敷かれたかも知れない西陣の裏路地をスケッチしていると、そんな少年の夏の終わりの感傷までもがよみがえってくるような気がした。

旧野田川駅からの大江山遠望

丹後路をゆけば

「泳げた日のこと」（五十三頁）に、小学五年生でやっと泳げるようになったことを書いていて、芋づる式にその続きの話を思い出した。確か同じ年の夏のことだ。丹後峰山町の郵便局長として一時赴任していた大叔父（祖母の弟）の招きで、祖母に連れられて二、三日の泊りがけで遊びに行った遠い記憶がある。大叔父の家についてはあまり憶えていないのだが、夕方に花火を買いに行ったのどかだがさびしい駅前風景がなぜか印象に残っている。そして峰山駅からバスにゆられて泳ぎに行った浅茂川のきれいな砂浜も忘れられない。浅茂川という地名がついているが、丹後の海だから当たり前のことながら海水だ。それまで踏水会やプール以外では琵琶湖での水遊びしか知らなかったので、塩辛くて目に入ると痛くてびっくりした。しかし「海水は真水よりも身体が浮きやすいのやで」と大叔父が教えてくれたことに勇気づけられたおかげか、何となく長く浮いていたようで嬉しかった。

ところで「酒屋万流」という題で酒蔵探訪記を「京都民報」に掲載してもらったこともすでに書いたが、その取材で与謝郡加悦町の谷口酒造を訪ねたことが幼い頃の丹後路の思い出と重なっている。それは二〇〇三年のこと、取材を終えて野田川駅へ戻ると京都への出発時刻まで一時間近くあったので、プラットホームのベンチから大江山をスケッチした。

絵筆を動かしながら、そう言えば……と少年時代の夏の丹後路を思った。列車に長時間乗ってもうすぐ峰山という時、車窓にこの風景を眺めながら「あれが大江山やで、あの山奥にいた酒呑童子という鬼の親分を源頼光さんが退治しやはったんや」と祖母が教えてくれた。それを聞いて急にひどく遠いところまで来たような気分になった。もう一つ、峰山への旅の往路か復路かに天の橋立へも立ち寄った時のこと、橋立の松並木に建つ石碑の前で、ヒヒ退治で有名な剣豪・岩見重太郎の仇討話を祖母が聞かせてくれたことも印象深い。今から思えば、その大半は日本むかし話に尾ひれがついた程度の他愛もないものであったのだろうが、旅先で見た風景とひとつになっていつまでも心に残っている。そのせいなのか、この年齢になっても旅の行き先々に伝わる昔話や歴史譚についついこだわってしまう悪癖は消えないみたいだ。

野田川駅で描いた大江山スケッチを眺めつつ、郷愁の風景というのは時を行ったり来たりするタイムマシンの機能をもっているのかなと思った。

瓢亭前の南禅寺参道

失われゆく風情

左京区錦林学区で「京都民報読者会」が開催された。僕が生まれ育った四錦学区のすぐお隣りの身近さと、高校時代の友人K君が声をかけてくれたこともあって喜んで参加することにした。その昔「平和研究会」で一緒に勉強したS君をはじめ同世代の参加者が多かったおかげで、この連載記事を懐かしい気分で楽しんでいると言ってもらえたことが何より嬉しかった。参加者のうちの数人の方から「近年この錦林学区内でも町壊しが急速にすすみ、懐かしい風景がどんどん失われている」、「京都らしさが少しでも残っているうちにせいぜいスケッチしておいて欲しい」とのお話もあった。とくに南禅寺総門から東へ向かう参道の風情を壊してしまう五階建ホテルが、市民の反対の声にもかかわらず建設されようとしていることもその中で知った。

以前に書いた「禅は急げ」という駄洒落からの思いつきではないが、南禅寺参道を早速歩いてみることにした。この周辺へもスケッチでよく訪ねるのだが、地下鉄蹴上駅や岡崎公園から疎水沿いに来ることが多いせいか、神宮道から総門をくぐってこの参道を通ることはあまりない。総門の周囲にもいつの間にかマンションやホテルなどが増えているのに驚いたものの、瓢亭と無鄰菴のあたりは昔と変わらぬ雰囲気だったので懐かしく少し安堵した。

しかし近づいてみると、瓢亭を囲む風情ある

無数の人々の喜怒哀楽も一体に

木立のすぐ後ろで巨大な建設工事用機械が動いているではないか。読者会で話題に出ていたホテル建設というのはこれか！　確かにこんなところに五階建ホテルが建ってしまったら、南禅寺参道の落ち着いた風情は失われてしまう。だいたい風景遺産というのは寺社仏閣だけでなく、それをとりまく自然環境も含まれているはずだ。それをセメントとコンクリートで固めてしまっては価値が半減されるというものだ。とりわけ歴史的景観はそれを眺めながら暮らしてきた無数の人々の喜怒哀楽が一体化された風情となって、訪れる人たちを感動させるのだと言いたい。

無鄰菴の前にしゃがんで瓢亭を中心にした家並を描いてみた。ホテルが建ってしまったら二度とこの構図ではスケッチもできなくなると思うと、何やら焦ってしまって絵筆がうまく走らない。読者会での京都市会議員とがし豊さんのお話によれば、下鴨神社の景観がすでに壊され、南禅寺や仁和寺と続いて、次に大原三千院が狙われているという。今からでも遅くない、京都の風情が失われてしまわないうちに僕も声をあげなければと思うのだ。

JR旧二条駅舎

帰るべき駅舎

過ぐる夏、海外への旅をした。十日ぶりに京都駅に帰り着くと、やはりホッとする。駅周辺の景色として東寺の五重搭や本願寺の大伽藍が目に入ると、「ああ京都へ帰ってきたなあ」という気分になるのは、僕が古い人間だからだろうか。若い世代は現代建築家が設計した駅ビルや京都タワーでホッとしているのかも知れないが、いつまで経っても僕にはどうも愛着がわかない。一八七七年建設の赤レンガ造りの初代駅舎や一九一四年の総ヒノキ造りの二代目

しっくりするなつかしい場所

駅舎は写真でしか見たことないが、もしも現存すればスケッチブックを持ってすぐに駆けつけたくなるに違いない。僕は一九五二年の鉄筋コンクリート建ての三代目から知っているのだが、祖母はいつまでも京都駅のことを「七条すてんしょ」と言い続けていたのを今になって思い出した。

京都駅だけではなく、近年は旅をしてどこの町へ立ち寄っても同じような駅が多いため、駅前風景が似たり寄ったりであまり個性が感じられない。昔は井伏鱒二の小説を映画化した「駅前旅館」が並んでいたり、「駅前大衆食堂」が必ず一軒はのれんをあげていたものだ。今は少し大きな町ではたいがいが駅ビルになっていて、コンビニかマクドナルドの看板が目立っており、挙句の果てが外国語教室の「駅前留学」があるだけだからがっかりだ。

かつては夜更けて寂しい駅へ降り立つと、駅前のバス停の横に小さな和風旅館があった。硝子戸を

押し開けて土間へ入ると、愛想の悪いオジサンが出てくる。「あのう、僕一人、一泊できますか?」と恐る恐るたずねると、朝食のみ三五〇〇円で泊めてもらえることになる。もちろん夕食はないので、荷物だけを部屋に放り込んで、同じ並びにある駅前食堂へ駆け込みシャバシャバのわりに変に辛いカレーライスを食べたものだ。

そんな駅前風景が恋しくて、先日、梅小路公園の西端にある京都鉄道博物館へ移築された国鉄(JRというよりもしっくりする)旧二条駅舎を描いてみた。こんな駅舎が京都駅だったらどんなにいいだろうと思うのは、アナクロニズムの誇りを受けるかも知れない。

何かの本に「旅に必要なもの」として、第一に時間、第二にお金、第三に健康があげられ、これに次ぐ第四が「帰るべき場所」と書かれてあって、なるほどなと感心した。確かに帰る場所があるから旅と言えるので、帰らなければ「ゆくえ知れず」と呼ばれてしまう。

やはり駅舎は門出よりも帰るべき場所としてなつかしい姿をとどめていて欲しいと願う。

七條大橋

橋がつなぐもの

　小中学校・高校での同級生・酒谷君は、名の示すとおり酒屋が本業だが、それ以外に音楽・イベントプロデューサーとして長く活動を続け、写真家でもあるという得難い友人の一人だ。とりわけ彼の人脈の広さ、深さにはいつも驚かされている。そのつながりのおかげで、これまでから随分助けられてきたし、彼の主宰する集酉楽というイベント会場では、さまざまな音楽や映画などを楽しんできた。勢い余ってスケッチ画の個展を開催したり、朝粥講演会で二回もしゃべらせてもらい、それればかりか彼のすすめで妻までもが先年「新聞ちぎり絵・水彩スケッチ展」を開催した。

そんな彼が代表者となって取り組んでいる事業の一つに「七條大橋をキレイにする会」がある。七條大橋は一九一三年に竣工した日本最古にして最大の鉄筋コンクリートアーチ橋で、建築・土木専門家もその文化的価値を認めているものだ。この橋の歴史的景観としての価値を守り、高めるために起こした自主的な運動が二〇一五年に発足した「キレイにする会」なのだ。毎月七日に欠かさず、朝九時に集まった有志たちの手で橋を清掃していることには、ほんとうに頭が下がる。そんな地道な努力が評価され、二〇一六年には京都景観賞の審査委員奨励賞を受賞、二〇一九年三月末には「国の登録有形文化財」に認定されるに至ったことが新聞紙

上でも報じられた。

二〇一八年に中島貞夫監督のご助力を得て出版した『京都シネマスケッチ紀行』にも、七條大橋のスケッチを掲載したが、この清掃作業に一度参加しなければと思いつつ、根っからの無精が理由でまだ実行できずにいることを申し訳なく思っている。

先日も集酉楽へ立ち寄り小学校時代の思い出話をしていた折、彼を訪ねてきた人はなんと埼玉県草加市からわざわざ清掃作業に参加されているというから驚きだ。これも酒谷君の人間力に負うところが大きいことは言うまでもない。言わば、七條大橋はたくさんの人たちをつなぐ橋であると同時に、僕らを夢多き少年時代に立ち戻らせてくれる架け橋でもあるように思えた。

そんな七條大橋をもう一度スケッチしたくて、今回は東岸から描いてみると、描くたびに違った味わいが感じられる。僕には酒谷君の真似など到底できそうもないが、せめても「七條大橋をキレイに描く会」をつくって月一回でも描かせてもらえたら嬉しいのだが。

府立図書館

図書館という響き

「図書館」という言葉の響きが、感傷を誘うのは何故だろう。ペギー葉山が歌ってヒットした「学生時代」の中の「秋の日の図書館のノートとインクの匂い……」という歌詞に魅かれてしまうのはどうしてなのだろう。岡崎公園の京都府立図書館前でスケッチしながら、そんなことをあれこれ考えてみた。

小学生時代、各クラスに学級文庫というのがあり、学級会で相談して自分たちの読みたい本をたまには買うことができた。ある時、僕は読みたかった勝海舟の伝記を買おうと提案したが、よく勉強のできる同級生Y子が提案した『アンネの日記』に多数決で負けて買ってもらえなかったことを今もって憶えている。勝海舟がアンネ・フランクに敗れたことが理由ではないのだが、中学・高校時代は図書館とは無縁の暮らしをしていた。

美大受験生の頃、午前中に関西美術院で石膏デッサンを学び、午後からこの府立図書館の閲覧室で学科試験のため、苦手科目の数学を勉強していたことがある。今から考えると、わずかにこれだけが僕とこの図書館とのおつき合いだったように思う。

そんな僕が図書館に懐かしさを覚えるのは、やはり図書館というものが人類の知恵の集積、あるいは文明・文化の宝庫であることへの憧れからくるのかも知れない。カール・マルクスが大英博物館に十年近く通った研究成果が『資本論』に

結実したという話も、学生時代の僕を感動させた。しかし憧れとは裏腹に、経済学部に身を置きながら、折角の大学図書館で経済学の本も読まず、歴史小説ばかり読んでいた僕自身に忸怩たる思いがある。いや、だから余計にこの年齢になっても図書館に憧れを抱いているのではないだろうか。

今さらもう後の祭りなのだが、休務日には時々、近所の図書館へ行く。朝九時三十分の開館時刻には、たいがい数人の高齢者が図書館入口ですでに待っている。十時すぎに行くと、閲覧室はもう満席状態となり、十一時頃になると新聞紙を広げたままで居眠っている高齢者が何人かいる。新聞紙が隣席の閲覧者の邪魔になっているので、「読むなら寝るな、寝るなら読むな!」と注意したくなるが、みんな僕と同じような年恰好の男性たちだ。夏は冷房、冬は暖房の効いた図書館へ安息の地を求めて集まってくるこの人たちも、ひょっとしたら図書館に憧れを抱いているのかなと思い、しばしの安眠を妨げることなくそっとしておくことにした。

大原野秋景

小さい秋みつけに

九月が終わり十月に入ると、サトウハチロー作詞の「ちいさい秋みつけた」のことを思い出す。日頃はこんな歌があることをまるっきり忘れているのに、毎年今頃になると頭に浮かぶところにサトウハチローの詩の底力を感じてしまう。この場合、「小さい秋」だから詩になるのではないだろうか。年々気温が上昇するようになり、四十℃近い猛暑日が続く今年のような「大きい夏」では詩にならないだろう。

ところで郷愁の「愁」という字を

物寂しさを感じる季節

じっくり見直すと、「秋の心」と書くのだと気づく。この「愁」を僕が愛用している『新明解国語辞典』でひいてみると、「物寂しさを感じて心が沈む。うれい」と書いてあるとおり、「愁」という字だけで何やらロマンチックな雰囲気になるから不思議だ。昔見た外国映画の題名を思いつくままにあげてみても、『哀愁』、『旅愁』、『悲愁』、『離愁』など当時の映画配給会社の人たちの文学的センスに感心してしまう。その点、近年は能がないと言っては失礼ながら、原題をそのままカタカナ文字に置き換えただけの映画がやたら多くて情緒もなく、僕の乏しい英語力では意味がわからず、ついつい映画館から足が遠のいてしまう。

いや少々脱線したので、秋の話に戻そう。だいたいが単純にできている僕なんか、暑い夏を何とか乗り切り窓辺に涼風を感じるだけで、「あー、生きていて良かったなあ」と思うくらいだから、秋になったからと言ってことさら物思いにふけることもない。ただ少年時代には、楽しい夏休みが終わり、次の冬休みはまだずうっと先のことだなと思うと少し切なかったくらいだ。そうそうもう一つ秋が近づいて気分が重くなったのが秋の大運動会、きっと早く走るのが苦手だったからだろうと思う。逆に遠足は人一倍好きだったので、夜中に降り出す雨音を聞き明日の遠足が中止になるのではないかと気を揉んだ記憶もある。

そんな小さい秋を見つけたくて、すぐ近所の大原野を歩いてみた。洛西の地へ転居して四十年になるが、静かな山里風景が保存されているのが嬉しい。この辺りをまだ幼なかった二人の娘の手をひいてよく歩いたものだ。路傍に座り込んでスケッチを楽しんでいるはずなのに、ふと巣立っていった娘たちが今どうしているかと気にかかるのだから、親というのは実に悲しいものやなあとあらためて思ってしまう。そうか、秋の心が「愁」という字になっているのは、このことからかも知れない。

妙顕寺裏道

猫に会える道

なんでも現在日本は空前の「猫ブーム」であるらしい。国内の推計飼い猫数が飼い犬数を上回ったのは観測史上初との報道があった。確かに書店へ行っても店頭に猫の写真集や猫雑誌が並んでいるし、映画やテレビでも猫ものが途切れることはないほどだ。かつての僕ならそんな事態を嘆かわしく冷ややかに眺めていたことだろうが、今は違う。そう、僕はきっちり猫派人間になってしまっているのだ、いやカナシイことに。

少年時代から長年にわたり犬派を

心おけない野良たちとの共生

自認していたはずが、猫派に転向したのに深いわけなどない。妻や娘たちに引きずり込まれたただそれだけのこと、情けないことだが。今はムギという名のオス猫との友情を育んでおり、過ぐる夏、スイス旅行のために十日ほど留守をするにあたっても一番気にかかったのは、政治情勢や仕事のことではなく、ムギのことであった。幸いにして娘たちが交代で食餌とトイレの世話に来てくれたので、心置きなく出かけることにした。また旅先では街や野山を歩いていても、ついつい猫の姿を求めている自分自身に気づく。十日間で十一匹の猫に出会ったが、スイスの猫は概して人懐っこくて日本語が通じないのに（まあ、あたりまえだが）、呼んだら近づいてくるのが嬉しい。やはり永世中立国スイスの国民性が人間だけでなく猫にまで浸透しているのだろうか。日頃、京都で出会う猫は人が近づくと慌てて物陰に隠れてしま

うのも、セカセカと急ぎ足で歩き余裕なく暮らしている僕たちの意識の反映なのかなと少々自嘲気味にならざるを得ない。

以前、寺之内通を散策していた折、妙顕寺の東、古い土塀の残る一角に十匹ほどの野良猫が棲んでいるのをたまたま知った。今回立ち寄ってみると、やっぱり数匹が歩いたり寝転がったりしていたので、思わずスケッチブックを開いた。のんびりと生きている猫の姿を描き加えることで、何気ない町角に郷愁が感じられるようになるから不思議だ。

ただし「野良猫にエサを与えないで下さい」との張り紙があるから、きっとこの付近では問題になっているのかも知れない。僕の少年時代、広場や空き地の片隅に野良犬や野良猫が棲んでいるのはそんなに珍しいことでもなかった。誰かに飼われているわけではないが、僕らが交代で家から食べ物を運び、いわば町内全体で飼っているような具合だった。そんな牧歌的時代のようなことは難しいとしても、野良猫たちとうまく共生できる手立てはないものだろうかと思案してしまうのだった。

向日市商店街

第二のふるさとへ

久しぶりに阪急電車西向日の駅に降り立った。生まれ育った吉田山東麓を離れこの町へ移り住んだのは、学生結婚をした時だからもう半世紀近く昔のことだ。それ以降、大学卒業、就職、長女誕生までの約十年をここで過ごしたから、僕にとって「第二のふるさと」と言えるかも知れない。春には桜に包まれる田舎駅舎に心魅かれた若い僕らには、家から駅まで十二～三分歩くことなど何でもないことだった。何しろ日常の買い物には往復一時間近く歩いて東向日駅前まで行っていたくらいだから。

しかし向日市を離れて四十年を経た今、駅前を見回すとすっかり様子が変わっている。以前は石碑が一つポツンと立っていただけの長岡宮史跡が、広々とした史跡公園になっている。僕らがよく食べに入った小さなお好み焼屋さんはもうなくなっていた。「ふるさとに入りて　先ず心痛むかな　道広くなり橋も新し」と歌った石川啄木の気持が何やらわかるような気がする。

駅前風景のスケッチを断念して少し歩き、西国街道を通って向日神社へ立ち寄った。境内には天文館が建ち、元稲荷古墳がりっぱな公園になっており、中高年の散策グループが何組も休息していたが、僕は一人でおむすびを頬張りながら若き日の思い出にひたった。

当時、向日町（市政になる以前）にはサークルスマイルという青年の集

まりがあった。若い者同士の気安さで、僕ら夫婦もいつの間にかサークルの仲間に入れてもらって、ハイキング、スポーツ、コンパなどの例会を一緒に楽しんだものだ。この向日神社で開催した「お化け大会」には、町中の子供たちまでがたくさんおしかけてきたことも忘れられない。

西国街道と物集女街道の交差路に立つと、当時の雰囲気を残す商店街看板が目についたので思わずスケッチすることにした。彩色を始めた時、高校時代からの友人で向日市に住むM君夫妻が通りかかり声をかけてくれた。スケッチを終えて、向日市役所の前を通ると、今度は駐車場にいた守衛さんに僕の名前を呼ばれてびっくりした。近づいてみると、笑顔も若々しいその守衛さんは、サークルスマイルでご一緒したS先輩だった。久しぶりだったので長話になりかけたが、職務のじゃまにならないうちにと心を残して辞去した。

こんな懐かしい人たちとの嬉しい邂逅こそが、郷愁の風景を一層輝かせてくれることを体感し、満ち足りた気分で第二のふるさとを後にしたのだった。

中京の自転車店

自転車に乗って

小学三年生でやっと自転車に乗れるようになったことはすでに書いたが、自転車に乗ることで行動範囲が広くなったみたいだった。ただ現在のように車社会ではなかったものの自動車が行き来する町の真ん中へは自転車で行ったことがなく、吉田山周辺を中心に鴨川あたりがせいぜいだった。「遠出しよう」と時々走ったのは、当時、銀閣寺道から北へどんどん延びていった白川通だった。舗装もされていない砂利道をひたすら北上し、まだ自然の野原がたくさん残っている宝ヶ池まで行ったことが、何か大冒険のように思えたものだ。

顔や身体に風を受けて自転車を走らせる心地よさ、知らない道や町を偶然に見つける楽しさ……テレビ番組の「日本縦断／こころ旅」に人々が魅かれるのは、ここにもその理由があるような気がする。火野正平は確か僕と同い年のハズだが、いつまでも元気やなあ、あれだけ自転車をこげるのはたいしたものだと見るたびに感心してしまう。僕はもう長いこと自転車に乗っていないし、もう一度乗るのなら児童公園で練習する必要がありそうだ。

ところで六角通東洞院角に自転車を看板代わりに屋根の上に掲げている自転車屋さんがあり、以前からずうっと気にかかっていた。昔は近所にこういう店が何軒もあって、自転車を買うよりも、タイヤの空気が抜けるたびに「オッチャン、空気入れ使わしてな！」と言って、店の前にお

風を受け走る楽しさ心地よさ

いてあるポンプ式空気入れを貸してもらって自分でシコシコ動かしたものだ。こんな自転車店もどんどん減っていっているのではないだろうか。今のうちに街角風景の一つとして残しておこうとスケッチすることにした。

自転車のことを書いていて、もう一つ思い出したのは、ヴィットリオ・デ・シーカ監督の『自転車泥棒』というイタリア映画のことだ。戦後まもない大量失業時代、やっとありついたポスター貼りの仕事には自転車が必要だったが、仕事中にその大切な自転車を盗まれた主人公が自転車泥棒を追って小さな息子と一緒に町中をさまよう話だ。このつらい結末の映画と重ねて思い出す出来事がある。僕も一度だけ自転車を盗まれたことがあるのだ。中学生の頃、吉田神社の鳥居前のナカニシヤ書店で立ち読みをしていて、買ってもらったばかりの新しい自転車を盗まれてしまった。さんざん探しまわり交番所へも届けに行ったが、結局見つからなかった。そんなナカニシヤ書店も今はもうないが、健在のうちに郷愁ならぬ「悔恨の風景」としてスケッチしておけばよかったと残念に思っている。

亀山城址

近くて遠い町

四十年間、僕が住んでいる洛西ニュータウン（住民高齢化で今やニュータウンと言うのも少し気がひけるが）から西山を一つ隔てた亀岡は、隣り町でありながら自動車運転ができない僕には、実は近くて遠い町なのだ。亀岡へ行くには、まず市バスで桂駅へ出て阪急電車で四条烏丸へ、さらに地下鉄でＪＲ京都駅へ行き、ここから山陰線（今は嵯峨野線）に乗らなければならず、しかもかつて単線であった頃は亀岡の手前の馬堀駅で貨物列車通過を長い

石段上に光秀ゆかりの大銀杏

こと待たなければならなかった。近年、複線化され少し楽になったが、近くて遠いイメージは今もって変わらない。清少納言は『枕草子』に「遠くて近きは男女の仲」と書いたが、僕にとっては「近くて遠きは亀岡の町」と言った感じだ。

その亀岡はかつて時代劇映画のロケ地としてよく使われたが、最近はどんどん都市化がすすみ撮影しにくくなっているらしい。昔のチャンバラ映画を見ていると、亀岡と思われるのどかな風景が映像として登場し、僕は一挙に少年時代に駆け戻れるのが嬉しい。そんなこともあったからか、秋桜の群生する保津川河畔や川下りの船乗り場、さらには城下町の風情を残す町並を何度か描いたことがある。

しかし先日久しぶりに亀岡駅へ降り立ってびっくりしたのは、巨大スタジアムやバイパスで北口風景がすっかり変貌していたことだ。しかたなく

南口から亀山城址へ向かうと、こちらにも新たに明智光秀の銅像が立っているではないか。これは二〇二〇年のNHK大河ドラマ『麒麟がくる』で光秀が主役となるため、二〇一九年五月に建立されたらしい。一五八二（天正十）年六月、光秀はこの地を出立して本能寺に織田信長を襲撃した。さらに歴史をさかのぼると一三三三（元弘三）年には足利高氏（のちの尊氏）が篠村八幡宮で鎌倉幕府打倒の兵を挙げたのだから、光秀にすればきっと縁起の良い場所と考えたのかも知れない。

そんな光秀が築城した亀山城の本丸跡は、今は大本教の神域にあたるため入るにはお祓いが必要なこともあって、これまで一度も描いたことがなかった。今回初めて本丸へと続く石段と往時をしのばせる石垣をスケッチさせてもらったが、石段の上には光秀ゆかりの大銀杏も見えて、清澄で静かな雰囲気がとても心地よい。描いているそばを通る教団の人たちは口々に「いい絵を描いてね」と励ましてくれた。そのおかげなのか、今では亀岡をすっかり「近い町」に思うようになっている。

美山かやぶきの里

恋文文化はいずこへ

医師協同組合勤務時代のM先輩は、定年退職後、晴耕雨読の暮らしを求めて美山へ転居しもう十数年になる。丹精こめた手作り野菜や果物をいただいたり、四季折々に変化する自然風景を写真はがきで送ってもらうたびに、こんなカントリーライフへの憧れはつのるものの、運転免許も自家用車も持たない僕にはここで生活することは少々無理かなあと諦めている。時々、美山へおじゃましスケッチポイントへ案内してもらえるだけでも、充分にゆったり気分

思い綴り胸が疼いたラブレター

にひたれてありがたいことだと感謝している。

秋のある日、久しぶりに「かやぶきの里」へ連れてきてもらった。ここにはたくさんの茅葺民家が集中して建っているためいつ来ても観光客が多い。民家群の入り口付近には、昔ながらの円筒型の赤い郵便ポストが立ち、一気に郷愁をそそられる。市街地では四角型に替わっており円筒型をほとんど見かけなくなっているのがさびしい。各地を旅していても、旧型の赤い郵便ポストがあるだけで街角風景が急に愛おしく思え、スケッチに興が乗るというものだ。

こんな懐かしい郵便ポストを眺めていると、郵便制度が培ってくれた豊かな手紙文化の価値を再認識してしまう。若い頃、読んだ本の中の「文学は恋文から始まった」という言葉が印象に残っているが、ラブレターだけではなく自分の思いを文字に綴る手紙という意思伝達方法が心

を豊かにするように思うのだ。

辞書を引きながら普段使ったことがない漢字や言葉をひねり出し、少しでもきれいな文字を書こうと悪戦苦闘した。封筒に宛名を書く時、これを読む相手の顔を思い少し躊躇し、差出人を書いて切手を貼るまでにもう一度決意が必要だった。そして最後の関門がポストへの投函だ。ポストの前を自転車で何度も行ったり来たりしたこともあったかなあ。

エイっと勇気を奮ってポストへ放り込んだ瞬間から返事がくるまで、手紙を受け取った相手の気持をあれこれ想像してすごす期間は、人と人との距離感を学ぶうえで大切なことだったのかも知れない。こうしてワクワクしながら待った返事で、「大森君とはフツーの良い友達でいたい!」という言葉で傷ついたことも含めて今は懐かしい。

携帯電話やスマホ、あるいはパソコンメールが通信手段を大きく変えていっている状況を考えると、ふと手紙文化は今後どうなってゆくのだろうかと懸念してしまう。だから余計に古い郵便ポストを見て胸が疼く感覚をいつまでも忘れないでいたいと思っている。

岡崎公園の市電

市電ガタゴト

京都市電が全廃されてから四十年余の歳月が過ぎたが、僕の郷愁の風景の中では依然としてガタゴトと音を立てて市電が走り続けている。

とりわけ堀川沿いを走るチンチン電車の姿は、幼い日の思い出として消えることはない。かつて大叔母（祖母の妹）が堀川丸太町付近に住んでおり、幼い頃から祖母に連れられてよく遊びに行った。大叔母の家は油小路通から西へ入る路地の奥にあったので、裏庭へ出ると堀川通が見渡せた。当時、堀川通には大きな建物はなく畑の向こうに二条城を見ることが出来たし、堀川のすぐ横を走るチンチン電車を飽きずに眺めていた記憶がある。

僕の住む吉田山東麓から東へ下った白川通に、まだ市電が通っていなかった頃のこともかすかに憶えている。僕が幼稚園児の頃、錦林車庫が開設されて、丸太町通の天王町と今出川通の銀閣寺道の間を市電が通るようになった。ただ市電の開通そのものよりも車庫が近所に出来たことの方が嬉しくて、電車が車庫へ出入りする様子を見に行ったことをまざまざと思い出す。市電に乗った時は、すぐに運転席のそばへ行って、運転手さんの動作を後ろからじっと見ていたので、幼い僕らにもドアの開閉と警笛の鳴らし方だけはわかった。そうそう高校生になって初めて市電の通学定期券を持った時の感激も忘れない。

そんな市電が少しずつ撤去に向かっていったの

は、大学生の頃だ。京都市交通局の累積赤字問題、電車軌道が自動車の通行障害・交通渋滞の原因になるなどが撤去理由にあげられていたように記憶している。一方、京都大学の西山夘三教授が提唱者となった「京都の市電を守る会」を中心に市民運動が広がり、僕も学習会に参加したことがあった。しかし二十七万人もの反対署名が集まったにもかかわらず、撤去方針は覆ることなく一九七八年九月三十日に全面廃止されてしまった。市電が撤去された後、増発された市バスが数珠つながりとなり一般車両は道に溢れ、京都の風格ある風景は一変してしまった。排ガス規制問題や都市交通の将来展望などの視点から、世界各国で路面電車の優位性が語られ出したのはそれから間もなくのことだった。

先日、岡崎公園の府立図書館のすぐ隣に置かれた京都市電に再会した。以前、広島を訪ねた時、かつて京都を走っていた車両をスケッチしたことがあるが、この市電がいつの日か京都市内で再び活躍できるようにとの願いをこめてスケッチブックに残すことにした。

柿色づく大原野

柿食えば

　ある日の午前中、秋晴れに誘われてとくに行く宛てもなくスケッチ用具だけを持って家を出た。「行く宛てもなく」と書いたが、自然と僕の足は西山に向かっており、近づくほどに山の色づきが鮮やかになり気分はウキウキしてくる。「小さい秋みつけに」（八十頁）では「小さい秋」だったが、今回はだいぶ「大きい秋」になっているようだ。

　大原野を歩くと、古い土壁の民家から柿の木がのび出しているのが見えた。枝には少し色づいた柿の実が

色づく山と野山の赤い実

ぶらさがっている。近年こんな風景に出会うことが少なかったせいか嬉しくなって、すぐさまスケッチブックを開いた。

やや定番ながら、正岡子規の「柿くへば鐘が鳴るなり法隆寺」という名句が浮かんだ。柿が好きだった子規には柿を詠んだ句が多くあるらしいが、法隆寺の句以外では「渋柿や古寺多き奈良の街」という句一つだけしか知らない。

ところで僕らの世代にとって、柿は郷愁そそられる食べ物ベストテンの上位にランクされている（選考委員は僕一人だが）。幼い頃、ラジオから流れていて祖母が好きだった「柿の木坂の家」という歌が僕の耳に今も残っている。「春には柿の花が咲き、秋には柿の実が熟れる……」で始まるが、「思い出すなア〜」と歌手・青木光一がしみじみと懐かしさをこめて歌っていたフレー

ズがとくに印象深い。

大原野は昔から「大枝の柿」として名高い富有柿の産地で、柿畑には無数の柿の木が枝を四方八方に広げ、赤い実をぶらさげている。柿街道と名付けられた府道一〇号には直販店が並び籠に盛られて柿が売られている。これを買ってきて皮をきれいに剥いて爪楊枝やフォークを使って食べるのはもちろん美味しい。しかし僕の郷愁の風景の中の柿はこれではない。やはり柿は野や山で食べるもの、それも木に登って捥ぎ取ったり、物干し棹の先にY字を付けて枝ごと折ったりして、皮も剥かずに噛り付いた柿が恋しい。時には口にしてみて渋柿であることがわかりギョエーと吐き出す恐怖もあったが、そのスリルとサスペンスがまたたまらない。

スケッチを終えて後片づけをしていて、グーと空腹の合図があった。時計を見るともう昼前になっている。一瞬柿の実を獲って食べたいなあと思ったが、古稀の理性が柿の誘惑に打ち克ち、家路につくことにした。ここで一句!「柿描けば腹が鳴るなり昼食時」。

貴船川

忘れるもんか！

これまで能勢隆弘先生のことを何回か書いた。幼い日の思い出を語る時、一緒に寝起きをしていた祖母のことから始めてしまう僕が祖母の懐から「広い世間」に出ていくきっかけをつくってくれたのは、なんと言っても小学三年生の時の恩師・能勢先生だった。

この出会いを何やら運命的に感じてしまうのは、時が昭和三十三年、場所が三年三組の教室だったからかも知れない。何しろこの年に完成した東京タワーが三三三メートル、新発売のチキンラーメンが「お湯を注いで三分間」のインスタント食品三分待ちルールの嚆矢となり、プロ野球界にデビューした三塁手・長嶋茂雄の背番号3が決定打となる「3の時代」の出来事だったからだ。

能勢先生は授業中はもとより給食時間や遊び時間にも面白い話をいっぱい聴かせてくれたし、放課後も虫取り網をひるがえして吉田山や鴨川へ僕らを連れて行ってくれた。学校休みの日に、貴船川へ飯盒すいさんに行ったことをよく憶えている。飯盒で炊いたご飯に缶詰のカレーをかけただけの昼食だったが、自然の中で先生や友達と一緒に食べたカレーライスの美味しさは格別だった。

しかし能勢先生とのことで鮮やかに記憶しているのは、そんな楽しい思い出だけではなく、厳しく叱られたことだ。その一つは当時子供たちの間で流行っていた少年探偵団を作った時のこと。

楽しくも厳しい恩師と「3の時代」

雑誌『少年』の付録「少年探偵手帳」を持っている者だけで探偵団を作ったことを知った先生は、団長の僕をみんなの前できつく叱った。「持ってる者と持ってない者を差別するのはアカンことや！」、その一言が僕の耳に残った。もう一つは学級委員として学校全体の会議に出席した僕が全体で決まったことを三組で報告した時のこと。「大森君は学校からの連絡係と違うはずや、三組の代表としてクラスみんなの意見を学校に言うてくるのが学級委員の役目やろう！」、これも強烈に身にしみた。

卒業してからも先生にはお会いする機会が度々あったが、「元気か？」と昔と変わらない笑顔で声をかけてもらえるだけでいつも励まされた。そんな能勢先生が二〇〇九年十一月に亡くなったのを、その二年後に知った不覚を僕は今も悔やみ恥じている。

秋のある日、久しぶりに貴船を歩いた。飯盒すいさんをした場所がどのへんかは忘れてしまったが、能勢先生に出会った「3の時代」の幸運は絶対に忘れるもんか！　そう思っている。

下鴨神社参道

景観は参道から

「失われゆく風情」（六十八頁）で、南禅寺参道での五階建ホテル建設によって、古都の風情が破壊されてしまうことへの危惧について触れた。文化財の景観というのは寺社の堂塔だけが形作っているのでないことは、今さら僕如きが言うまでもないことだ。

僕の通っていた鴨沂高校から少し北へ上がったところに、京都御苑と寺町通に挟まれて梨木神社がある。京都三名水の一つに数えられる「染井の水」で有名な神社で、とくに

取り返しつかぬ古都破壊

石鳥居から本殿への参道は、神社が「萩の宮」という別名を持つくらいだから秋には萩がことのほか美しかった。二〇〇四年に作られた野村惠一監督の映画『二人日和』で、主演の栗塚旭さんが自転車で水を汲みに来るシーンなどで印象深い。ところが二〇一三年にこの参道にマンションが建てられてしまった。今では石の鳥居のすぐ前にマンションの壁面が迫り、それに沿って細いコンクリート道が作られて、まるでマンションの周囲を迂回するようにして奥にある神社へ向かうことになる。梨木神社が醸し出していた風情の魅力は半減した。

同様のことがついに世界文化遺産・下鴨神社の身にも及び、二〇一七年、境内南側に高級マンションが建設されてしまった。その過程では「下鴨神社の景観を変えることはない」などの議論もあったようだが、自然の生態系から考慮すれば

神社や糺の森をとりまく環境に影響が及ばないわけがない。

下鴨神社を訪ねる場合、僕は鴨川デルタから一の鳥居をくぐり抜け、表参道を北へ向かうことが多かった。御蔭通と糺の森へ向かって木立の間を抜けてゆくこの道が下鴨神社に奥行きを与えていたことは間違いない。さらにつけ加えると、この参道の手前に建つ由緒ありげな古い屋敷を前景にした風景は、お気に入りスケッチポイントの一つだった。

ところがこの参道の両側にマンションが建ち、参道自体もコンクリートで固められたため、地道ならではの風情が失われてしまったのは残念至極だ。僕が好んだ古屋敷もいつの間にか修築され、秀穂舎という名の立派な資料館に生まれ変わった。一般公開されていることはありがたいが、僕が描きたくなる郷愁スポットがまた一つなくなったことはやはり寂しい。自然や文化遺産を守ることと物質文明との相克が現代史の宿命だとしても、安易な都市化や利便性追求がとりかえしのつかない事態にならないよう願うばかりだ。

鴨沂高校正門

僕の青春の門

五木寛之の長編小説『青春の門』は一九六九年に週刊誌連載で始まり、ちょうど僕の大学時代に文庫本になったので「筑豊篇」、「自立篇」、「放浪篇」までは読んでいたが、「堕落篇」あたりから読むのがしんどくなって脱落篇になってしまっていた。その後、どうも作者も息切れしたのか中断していたようだが、主人公・伊吹信介がどうなっていくのか、人ごとながら心配していたところ、二〇一七年に二十三年ぶりに『新・青春の門』として連載を再開したとのことだ。でもまだ読んではいない。

さて「僕にとっての青春の門は?」と自問した場合、母校・鴨沂高校の古い校門がまず思い浮かぶ。これは旧九条家の河原町邸の門を移築したもので、一八七二年創設の日本最初の公立女学校を前身とする鴨沂高校の伝統に相応しい校門と言えよう。

実際には荒神口から通っていたので、北運(北側の運動場)との間にある通用門を毎日使っていた。それでも御所側にあるこの正門は、本館前の「ウィーンの森」と呼ばれる木立と共に僕の高校時代の忘れ得ぬ風景の一つだ。門や校舎が古いという歴史的伝統だけでなく、当時の蜷川民主府政が守っていた高校三原則(小学区制、総合制、男女共学)に則り、自由・自治の精神が校内に息づいていたことを忘れてはならないだろう。現代日本の教育が抱えている問題を目にするたびに、京都の民主主義教育の下で青春の時を過ごしたこ

自由と自治息づいた高校教育

とをありがたいことだったと、今更ながらつくづく思う。

築後八十年で老朽化した校舎は二〇一八年に全面改築されたが、昔の姿のまま残された校門を寺町通西側から久しぶりにスケッチした。これまで何回か描いていたが、そのうちの一枚のスケッチについて思い出したことがある。卒業して数十年を経てたまたま住まいが近くで時々お会いしていた数学の松本幸子先生からお声がかかり、一九九九年に刊行された『鴨沂の歩み』に駄文と校門スケッチを載せてもらった。そのスケッチ画がご縁で英語の毛利優先生ともお会いする機会を得た。晩年の毛利先生は水彩画を描いておられたので、作品展へおじゃまして絵の話や懐かしい昔話をしたりした。毛利先生は二〇〇七年にお亡くなりになり、松本先生も二〇一八年亡くなられてしまった、寂しい限りだ。英語の動詞不規則変化も数学の三角関数もよくわからないままで青春の門から世間に出たことを両先生に申し訳ないと反省している、不規則生活と三角関係なら今も得意なのだが……。

賀茂大橋

川は流れて

『天下御免』というテレビ時代劇のことをご記憶の方もいらっしゃると思う。数年前に亡くなった脚本家・早坂暁の作品で、山口崇演じる知的で快活な平賀源内が活躍する面白いドラマだった。まだ大学生の頃で、ヒマもあったからか毎回欠かさずに見ていた。このドラマの挿入歌「川はいいな」までよく憶えているから、よほど他に憶えることがなかったのかとわがことながら呆れてしまう。「黙って耳を澄ましていると、川の流れが聞こえてくるよ」というフレーズから始まり、「流れ流れて村から町へ、橋をくぐって海に出る、川はハアいいなあ」という歌詞だった。半世紀経った今でも川をスケッチする時、この歌を口ずさむと何やらのびやかな川の流れが描けるような気になる。

ところで『天下御免』からさらにもう十年さかのぼる昔話を思い出した。仲宗根美樹の歌う「川は流れる」が大流行した時、「ボヤキ漫才」として人気のあった人生幸朗というオジサンがこの歌詞に文句をつけて、「川が流れてるんと違う、あれは水が流れとるんや。川が流れてしもうたら地図屋が困りよるがな！」とラジオで叫んでいたのを憶えている。

まあ流れるのが川なのか水なのかという難しい話はこの際「水に流して」、僕にとっての川と言えばやはり小学校のすぐ西を流れる鴨川だろう。先生に引率され理科の授業時間に自然観察として植物や昆虫を採集し石ころを拾い集めたり、画

用紙を画板にはさんでクラスメートと並んで写生をしたこともある。放課後には、友達と一緒に河原を走り回ったり水遊びをしたものだ。

　そんな鴨川の河原で久しぶりにスケッチブックを開いた。すぐ近くには賀茂大橋が架かり、その向こうには高野川と賀茂川の合流地点も見え、遠景には北山の連なりが望める。こうして鴨川の流れを眺めていると、この風景は半世紀以上経ってもあまり変わらないように思えて嬉しくなってくる。しかしその一方でこの歳月が変えてしまったこともある。この河原にも休日なので何組かの親子の姿はあるのだが、僕らの少年時代のように友達同士で遊んでいる子供が全くいないことだ。それは少子高齢化で子供の数が減ったせいばかりでなく、幼い子供たちだけでは安心して遊ばせられない不安があり、さらにはネット社会の弊害でみんな一緒に遊ぶ能力が低下しているのではないかと思うのだ。現在の子供たちにとって、半世紀後この河原がかけがえのない郷愁の風景になることを願っているのだが。

出町桝形商店街

年暮れて、また明けゆく

今井正監督が一九五三年に作った『にごりえ』を、映画サークル上映会で久しぶりに見た。これは樋口一葉の「十三夜」、「大つごもり」、「にごりえ」を原作にしたオムニバス映画だが、中でも「大つごもり」が一番好きだ。大晦日、大店の主人一家の自分勝手さと貧しい奉公人の辛苦が鮮やかに対比して描かれており、とくに叔父夫婦から借金の工面を頼まれた下働きの娘の健気さが胸をうつ。

今日では「大つごもり」という言

葉はほとんど使われないが、僕の幼い頃、祖母たちは使っていたように記憶している。そんな大晦日、「煤払い」という大掃除や障子紙の張替えの手伝いはあまり好きではなかったが、祖母と一緒に市場に正月の食べ物を買い出しに行くのは楽しみにしていた。貧しい長屋暮らしで新年だからと言って取り立てて豪華な食材を求めるわけではないが、「歳末大売出し」の旗や幟があちこちにはためいていて、子供心に何やら気分が高揚した覚えがある。というのは、荷物の持ち役という名目でついていったが、僕の狙いは福引だった。歳末には市場が発行した「福引券」を貯めて福引をするのが決まりになっていたからだ。この福引の「ガラガラ回し」が楽しみだったが、「大当たり！」の鐘を鳴らしてもらったことなどなく、コロンと出てくるのはたいがいが「はずれ」の白い球ばかりだった。

祖母は市場やお店の人に顔見知りが多くて、何やら世間話をしながら買い物をしてゆく。そこには今日の大型ショッピングモールなんかにはな

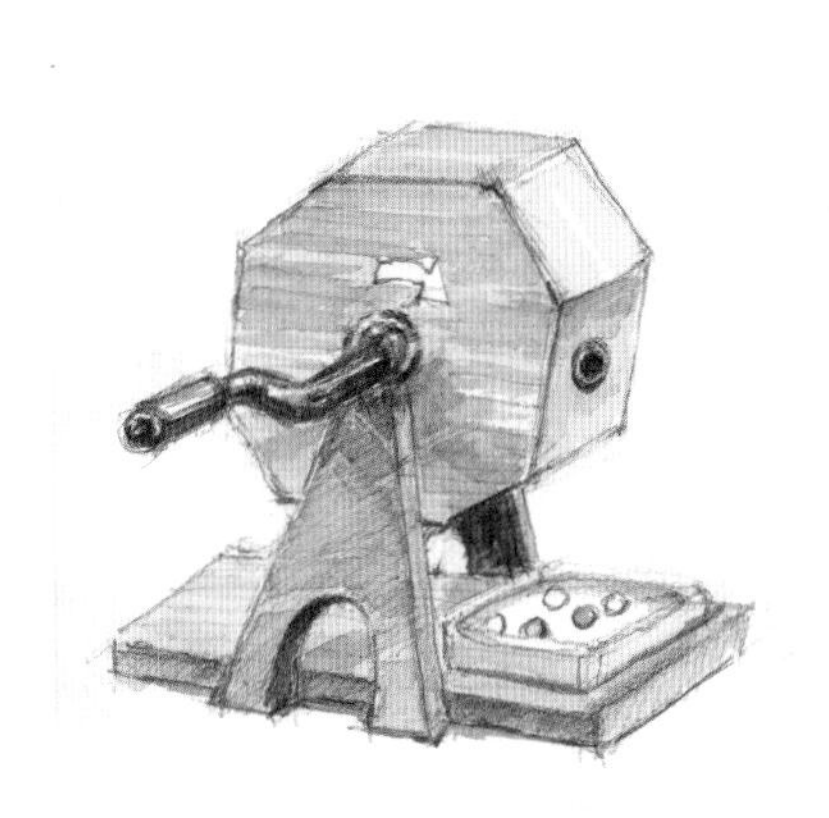

い、人と人のつながりや庶民のささやかな楽しみもあったのではないだろうか。店頭に並んだ魚も野菜もパックなどされていないし、お店の人は売れた物を新聞紙にくるむだけで、祖母の買い物籠にサッと入れてくれる。もちろん過剰包装もないし、将来にプラゴミ問題が起こることなど想像すらできなかった。

そんな懐かしい市場やお店の雰囲気を彷彿させる出町枡形商店街をスケッチしていると、買い物籠を抱えながらスタスタ歩いてゆく祖母の後ろ姿が浮かんでくる。

正月を迎える準備がすべて終わっても、大晦日の夜はどこかいつもと違った雰囲気があって、なかなか寝つけなかった。それでも布団の中でラジオの紅白歌合戦を聴きながら、除夜の鐘が鳴る前に寝入ってしまっていた。

正月の朝、家中で一番早くに起き出す祖母につられて、僕も家族が寝静まっている間に起き出した。新しい日めくりの最初のページを破るのは祖母の役目だったが、背延びをして届くようになると、僕が日めくり役になった。朝食の準備をしている祖母のそばで、重箱の中の料理をつまみ食いしようとするたびに、「お正月はみんなが揃ってお雑煮を食べんとアカン!」と怒られたりした。やがて父母兄姉弟たちが起き出してきて、狭い茶の間の小さなちゃぶ台を七人家族が囲んだところで、父が「明けましておめでとう！　今年もよろしく！」と言う。普段から生真面目を絵に描いて額に入れたような父が着物姿でかしこまっているから、何やらいつも以上に威厳のようなものを感じた。

こうして大晦日から正月を迎えるまでのセレモニーを、幼い頃に毎年経験したおかげで、一年の区切りが身についたのかも知れない。やがてその年も暮れて、また次の年が明けゆく。その繰り返しの中で、いつの間にやら古稀を迎えてしまったが、新しい年にはまた何かいいことがあるのではないかという希望だけはいつまでも失わないでいようと思っている。

新京極から裏寺町へ

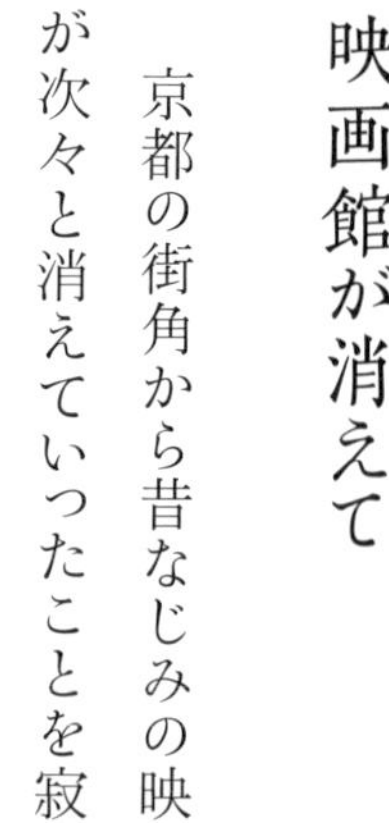

映画館が消えて

京都の街角から昔なじみの映画館が次々と消えていったことを寂しく思っている。

映画の面白さを知った小・中学生の頃から、授業をさぼって映画館通いをした高校・大学生の頃まで、僕の青春エネルギーの三分の一くらいは映画に注ぎ込まれていたように思う。当時、京都にはたくさんの映画館があった。「軒を並べる」という表現は少しオーバーかも知れないが、河原町通や新京極通などには、上映映画の題名はもちろんのこと、

授業脱け出し通った馴染みの館

映画スターの絵が大きな看板になり、横断幕や旗指物が風になびいていた。人気が高い映画の場合、チケットを買う人の長い行列がよく見られたものだ。

しかし一つ消え二つ消え、いつの間にやら映画館は別の建物に変わってしまっている。一度変わってしまうと、以前の姿が思い出せなくなってしまうのが哀しいので、時々ひとりで歩いてみることにしている。今回スケッチ目的で足を向けたのは、新京極通から仲之町を裏寺町へ抜ける路地で、この周辺はかつて映画館がいくつもあったところだ。

公園の向い側にあったのが八千代館という名の成人向け映画館で、「映画と実演」という魅惑的キャッチコピーに男心がくすぐられた憶えもある。その映画館は十年くらい前に閉館したが、劇場前に映画『カサブランカ』の看板だけが長く残っていたのは、一筋奥にあった美松劇場への

案内目的だったのだろうか。この美松劇場には以前、名劇と大劇という二つの映画館があり、洋画の二番館としてよく通った。さらに東へ歩いた裏寺町の角に、たくさんの映画を楽しんだ京極東宝という大きな映画館があったが、今はビジネスホテルに建て替わってしまっている。

日本映画発祥の地である京都の輝かしい伝統を考えると、やはり寂しい限りだ。かつて「日本のハリウッド」と言われた京都の映画文化を継承するためには、素晴らしい作品を作り出すことはもとより、それを楽しんで見られる映画館がなければならない。昔見た映画が心に残っているのは、それぞれに個性をもつ映画館風景が混然一体となっているからではないだろうか。そこにテレビ放映やＤＶＤでは得られない映画の魅力があるのだと思う。

これを書いていて、急にジュゼッペ・トルナトーレ監督の映画『ニューシネマパラダイス』をもういっぺん見たくなってきたなあ。どこかの町の小さな映画館で上映していないだろうか、列車で訪ねた遠い旅先でこの映画が見られたら最高なのだが。

船岡温泉

セント・ニューヨーク

古臭い昔話ばかりを書いていると、最近の外国映画の真似をするつもりはないのだが、時にはカタカナタイトルをつけてみたくなった。そこで今回は「セント・ニューヨーク」。この郷愁人間もいよいよ咸臨丸に乗って太平洋を渡るのかと早合点する人はいませんか。いやいや、そんな人いるわけないか。駄洒落の種明かしを先にしてしまうと、「セント・ニューヨーク」で僕が書こうとしているのは、「銭湯で入浴」の話なのだ。

歩いて10分以内で裸のつき合い

街角風景から消えていったものはたくさんあるが、前回書いた映画館のほかに、銭湯もその一つではないだろうか。確かに「スーパー銭湯」というものがあるが、ここで僕が言いたいのは、下駄履きで金盥と手ぬぐいを持って遊びに行っていた町のお風呂屋さんのことだ。

当時、近所の人同士がまさに裸のつき合いが出来たのはそんな銭湯のおかげかも知れない。

僕の少年時代には、歩いて十分以内のところに五軒ほどの銭湯があった。一番よく行っていたのは優しいお姉さんが番台にいた神楽湯だが、そのほかに「おいでやす」と京都弁のオジサンが迎えてくれる洛東湯、新しいタイルの湯船がきれいだがお湯が熱かった銀閣湯など、それぞれに休業日が違っていたので、毎日どこかの銭湯へ行けるという贅沢な環境に僕らは暮らしていたわけだ。

近所で遊びまわって汗と泥にまみれた僕ら腕白

小僧たちは、遊びの総仕上げに徒党を組んで銭湯へ駆け込んだものだ。真面目に頭や身体を洗うよりも、湯船でバチャバチャ泳ぎ、お湯のかけ合いをしていた時間の方が断然長かった。あまり騒ぎすぎてコワいオジサンに怒られもしたが、隣の女湯に来ていた祖母に「いつまでも遊んでんと、身体洗ろうたげるから、こっちへおいで！」と仕切り壁ごしに呼んでもらえる幸運も時々あった。しかしこんな幸せは永く続かず、自宅に風呂が作られてからは、祖母に見つからないようにこっそりと銭湯へ行っていたこともあったが、いつの間にかそれも途絶えた。

そんななつかしい銭湯風景を求めて、一九二三年創業の船岡温泉までやってきた。玄関の両側に据えられた大きな石が何とも重々しく、看板には「国の登録有形文化財」との表示もある。しかしご近所の人たちは、洗面器の中の小さな石鹸をカタカタ鳴らして昔ながらのスタイルでやってくる。何やら南こうせつの「神田川」を思い出して、ロマンチックな気分にひたりながら絵筆を動かすこの日の僕であった。

京大医学部構内

京大病院いま昔

病院にまで懐かしさを覚えてしまうのはどうなのだろうか、そう思うこともある。しかしとくに京大病院については幼い頃からさまざまな思い出があり、僕自身が今後いつお世話になるかもわからないので、元気なうちに記しておきたいというのが正直な気持だ。

以前に何かに書いたことがあるのだが、幼い頃、睫毛の中に腫物が出来てその治療に祖母に連れられて京大病院へ通院していたことがある。後に祖母から聞いた話によると、僕が三〜四歳の頃のことで、睫毛をプツンプツンと抜かれるのが痛くてギャアギャア泣き喚めき、病院へ行くのを嫌がったらしい。困った祖母は熊野神社に出ていたお店でお菓子やオモチャを買うことで、なだめすかして連れ出していたということだ。ただお菓子やオモチャのことよりも、睫毛を抜かれる時の痛みの方をより鮮明に憶えているのだから、人間の記憶というのは不思議なものだとつくづくと思う。

中学生の兄が結核を患って入院していたことがある。見舞いに行ったことはなかったが、結研（結核研究所）が僕の通う小学校から近かったので、届け物か何かで一度だけ訪ねたことがあった。当時の病棟は木造建物で長い渡り廊下の奥にあり、そこにいるはずの兄に会いに行った時のことを、まるで古い日本映画の一シーンのようにかすかに憶えている。

また父が糖尿病で入退院を繰り返していたこともあるが、最も足繁く京大病院に行ったのは、母が乳がんの手術とその転移で何度か入院し、主治医との面談が僕の役目だったからだ。説明された病状のことを母にどう伝えたものかを考えながら長い廊下を歩いたり、待合室のベンチに座っていたものだ。

そうそうもう一つ、比較的最近、と言ってももう十五年程前のことになるが、僕の文学の師・福島昌山人先生が京大病院に入院していた時のこと、師匠が書き続けていた雑誌への連載原稿のやりとりを僕が受け持ち、しょっちゅう病室を訪ねて本や映画の話をした日々も忘れがたい。ある時、「若い担当医が僕のエッセイを読んでいると言うてくれてなあ」とベッドに座って話した昌山人師匠の嬉しそうな顔が懐かしい。

病院の建物はすっかり変わってしまったが、なぜか病院にただよう空気は昔も今も変わらないように感じる。懐かしいような切ないような出来事をあれこれ思い出してみると、このスケッチにある京大医学部構内も郷愁の風景の一つに感じられるのだ。

吉田神社大元宮への道

節分と十円玉

　吉田山を越えて小学校へ通っていた僕らにとって、吉田神社は裏山のお社程度の認識しかなかった。境内の小さな瀧沢池の周囲に立つ楓の枝に、天然記念物のモリアオガエルが白い綿状の卵を産みつけそれが池に落ちてオタマジャクシになる。それを理科の観察ノートに書いたりした。また池の端に囲いが作られ、そこへ奈良から連れてこられたという鹿が何頭か飼われ始めた時のことも憶えている。しばらくして鹿は百段のそばに移されたが、学校帰りに給食の食べ残しの食パンをちぎって食べさせたことも懐かしい。そんな遊び慣れた吉田山だったが、夕方遅く暗くなると「子獲り」（子供をさらってサーカスに売り飛ばすと言われていた）や「不良」の出没を恐れて友達と一緒に通るようにしていた。

年一度通学路にワクワク屋台

吉田神社へは二月の節分祭の時だけ人がたくさんおしかけ、賑やかで華やいだ気分になった。節分祭と言っても、僕ら子供はその宗教的意味合いなど一切わかっていなかったので、東一条の電車道から東の京大正門前そして神社参道にかけてたくさんの屋台店が並ぶことが最大の関心事だった。

節分の日は学校の授業中から、みんなどこかソワソワしていた。学校近くの友達は一度家へ帰ってから節分へ行くように担任の先生が注意していた。しかしそこで問題なのが僕らのように節分祭

の屋台店の並ぶ道を通らなければ家へ帰れない吉田山東麓に住む子供たちだった。もちろん担任の先生は僕らにも家へ帰ってから遊びにいくようにとの注意はしていた。しかし「いつもの通学路を通って帰ったらあかんとは言わなかった」という、とんちの一休さんのような屁理屈をこねて僕らは屋台店を楽しみながら帰ったものだ。

輪投げや射的、パチンコやスマートボールも出ていたが、勝負ごとの苦手な僕は古い漫画本がゴザに並べられた古本屋さんが好きだった。江戸川乱歩の『怪人二十面相』と『少年探偵団』を二冊十円で買ったことを憶えている。小雪の舞う中、屋台で買って神社境内の隅っこで食べた六個十円のタコ焼きの美味かったこと。十円玉で思い出したが、節分の翌朝、僕らはいつもより早くに家を出て、屋台店のあった周辺を一円玉や五円玉が落ちていないか見てまわった。ほんのたまに十円玉が見つかると、その一日中豊かな気分ですごせた。

そんな少年時代を思いながら、瀧沢池の畔から大元宮への上り坂をスケッチしていると、今年は万難を排しても節分詣をして屋台店のタコ焼きを食べたくなってきた。

伏見寺田屋

菜の花によせて

　今年も二月十二日がやってくる。司馬遼太郎を偲ぶ「菜の花忌」だ。自分の父や母の命日を忘れている親不孝者のくせに、この日と六月十九日の「桜桃忌」とは、なぜか意識してその朝を迎えてしまう。少年期にさほどたくさんの本を読んでいなかった僕にとって、高校時代に出会った太宰治と司馬遼太郎は少し違った存在だったからかなと思う。

　とくに司馬遼太郎の『竜馬がゆく』第一巻「立志篇」は高校一年生の時に、定価四二〇円で買った単行本で、カバーも表紙もボロボロになるほど何度も読み返したので印象深い。大事に手元においていたが、先年の大掃除で処分してしまったことを、未だに悔やんでいる。

第一巻の冒頭で、十九歳の坂本龍馬が剣術修業のために江戸へ向かって出発するところが描かれている。少年時代から剣道の道場に通っていた僕は、竹刀にぶら下げた剣道の防具をかついで旅立つ龍馬の姿にすっかり憧れてしまった。その真似をしたくて、高校剣道部のクラブボックスから防具をわざわざ家へ持ち帰り、毎日かついで登校していた僕自身の姿を思い出すと少し恥ずかしい。

また江戸への途上、大坂から船で淀川を上り伏見へ到着した龍馬が、寺田屋お登勢と出会う場面も印象的だ。小説ではその後何度も登場する寺田屋だが、鳥羽伏見の戦いで焼失し現存の史跡は戦後再建されたものらしい。それでもすぐそばにしゃがんでスケッチしてい

憧れの龍馬の足跡たどる旅

ると、幕末動乱の現場を目の当りにしているという感傷にひたれるから面白い。第五巻「回天篇」のラストで暗殺されるまでの龍馬の足跡をたどって、あちこち旅をしたことも今は懐かしいし、それ以降、新刊本として一番たくさん買ったのが、司馬遼太郎の本だったかも知れない。

「剰余価値説と唯物史観はマルクスの二大発見！」という言葉に導かれて経済学や社会発展史を少しだけかじっていた大学時代にも、一方で司馬遼太郎を読み続けていたので、「オマエいつまで司馬遼を読んでいるんや、司馬史観か唯物史観かどっちかにせえよ！」と親しい友人たちにからかわれたこともあった。とうとうどっちへの興味も捨てられないまま古稀まできてしまったから、自分でもいささか呆れている。

没後二十五年の「菜の花忌」を迎える今も、折にふれて司馬遼太郎の本を書棚の奥からひっぱり出すのは、きっと郷愁の一種かも知れないなあと思うこともある。

洛西雪景色

白い想い出

「雪が降ってきた、ほんの少しだけれど、私の胸の中に積もるような雪だった……」とダーク・ダックスが歌って話題になったのは一九六三年、僕が中学二年生の時のことだったが、この歌に「白い想い出」という題がついていることを知ったのはずうっと後になってからだ。ちょうど同じ年、アダモというイタリア人歌手が日本語で歌った曲の題名は「雪が降る」なのでちょっとややこしい。

　雪の結晶の研究で有名な物理学者・中谷宇吉郎博士のことを唐突に

思い出した。物理は苦手科目で何も憶えていないが、中谷博士が遺した「雪は天から送られた手紙」という言葉だけは忘れない。「天からの手紙」というのが実にロマンチックな表現で、中谷博士を物理学の先生にしておくのはもったいないと思ったくらいだ。

しかし現在、京都にはめったに雪が降らないし、たまに降ってもほとんど積もることがない。その一方で地域によってはドカ雪被害が毎年発生しているのは、言うまでもなく地球温暖化の深刻な影響である。これを「天からの怒りのメッセージ」と受け止め、二酸化炭素削減に早急に取り組む必要を痛感している。今回のスケッチ画も実は二年前に小雪舞う大原野で描いたものであることをお許しいただきたい。

僕が幼かった頃、ひと冬に何度か雪が積もった。祖母と一つの布団で寝ていたので、朝早くに起き出す祖母につられていっぺん目を覚ますが、たいがいは祖母の温みが残る布団で寝直す。

そんな時でも、「今朝は雪やで！」という祖母の声が聞こえると、眠気などいっぺんに消えて、布団から飛び出し二階の窓を開け放った。屋根に積もった雪の白さがキラキラと輝き寝ぼけマナコに眩しいが、これが日曜日の朝なら大バンザイだった。

まだ雪の上に足跡がついていないうちに、表へ出て雪ダルマを作りにかかる。そこへ近所の友達がぞろぞろ出てくるといつの間にか雪合戦が始まり、やがて手作りの橇をもって裏の吉田山へ駆け出して行ったものだ。そんな雪の朝の記憶が染みついているせいなのか、この年齢になっても窓のカーテンを開けて少しでも雪が積もっているとkeep嬉しくなる。見慣れた景色でも雪が積もると新鮮に感じられ絵心をそそられるからかも知れない。いつまでもそんなワクワク気分で雪の朝を迎えられる自分でありたいと願っているのだが。

間人（たいざ）の海岸

冬の海辺で

いったいいつ頃から、冬の海が好きになったのだろうか。かつて映画『太陽がいっぱい』や『冒険者たち』を見て、陽光が降り注ぐ真夏の海に憧れたものだが、あれは若い頃だけの特徴だったのだろうか。ジリジリ照りつける日射しを受けて、焼けた熱砂を素足で歩くのはつらいし、海水に入った後のネバネバした不快感、さらにはヒリヒリする日焼けを思うだけで夏の海はもう遠慮しておきたい。寂しい冬の海辺に立ち、『おもいでの夏』の主人公のように過ぎ去

心惹かれる白く凍えそうな波

りし夏の日を偲ぶ方がしっくりする年齢になってしまっているのかも知れない。

スケッチを楽しむには、与謝蕪村が「ひねもすのたりのたりかな」と表現した「春の海」がのどかで最適なのだろうが、ドラマチックな冬空と海辺風景を描いてみたくなり、酔狂にも冬の丹後半島までやってきた。重い鉛色の空の下、黒い岩に打ちつける白く凍えそうな波に心惹かれてスケッチブックを開いてみた。

この丹後の海も僕にとっては忘れられない郷愁の風景の一つなのだ。貧しい学生結婚をして間もなくのこと、妻と二人で遊びにきたことがある。ひなびた民宿に部屋をとって、海を眺めながらボケーと過ごした日々。就職して社会へ出ることにあまり希望が持てず、生活を支えてくれている妻には申し訳ないことだが、できることならこのまま気楽な学生生活を続けていたいという身勝手な願いをもっていたあの頃、夏の太陽は限りなく眩しかった。

その十年後、幼い娘二人を連れて四人で再訪した。砂浜で無邪気に遊ぶ愛し子の姿を見ながらも、僕はやっぱり自分自身のことばかり考えていたような気がする。どうにか就職だけはしたものの商社勤務にどこかなじめないまま、学生時代にここで過ごした気楽な日々にもう一度駆け戻りたい、そんな誘惑にかられていたのだろうか。同時にいつかもっと自分らしい生き方があるはずだという根拠もない希望を抱いていたあの夏の日、それこそが若さの特権だったに違いない。

そんな昔日を思いながら、いま古希を迎えて冬の丹後の海景を描いている僕にとって歳月とはいったい何か、あらためて考えてしまう。若気の至りで人と諍いをしたり、無益な遠回りで貴重な時間を浪費した。しかし慚愧に堪えない歳月の流れこそが、郷愁に彩りを加えてくれているようにも思える。放浪の俳人・種田山頭火の「ふるさとへ冬の海すこしはゆれて」という句が胸に染み入る丹後の旅となった。

幼稚園へ通った坂道

幼なじみの味は

デューク・エイセスの「おさななじみ」という歌は今でも時々耳にするが、流行ったのは僕の中学生時代だから、あの頃の歌はみんな息が長いことに感心させられる。「おさななじみの思い出は青いレモンの味がする……」と歌詞にあるが、団塊世代の僕らが幼い頃まだレモンなどあまり口にしていなかったので、とくに僕の場合は「青いレモン」ではなく「赤い梅干の味がする」と言った方がピッタリくる。なぜ梅干なのか考えてみると、僕が幼稚園へ持って行っ

思い出は赤い梅干の味？

ていた弁当には、いつも赤い梅干が入っていたからだ。その頃、母が病気をしていたので、僕の弁当は祖母が作ってくれていた。友達の弁当はお母さんが作っていたからなのか華やかに見えたが、僕のものは何やら地味で、白いご飯の真ん中の大きな赤い梅干だけが彩りとして目に焼き付いているのかも知れない。

僕が通っていたのは、吉田山東麓の「コドモのイエ幼稚園」で、資料には一九二六年創設とある。久しぶりに立ち寄って、毎日通っていた坂道風景と共に描いていると、建物が新しくなり運動場も広くなっているが、六十五年前のことが次々とよみがえってくる。

入園当初の僕は人見知りがひどく祖母が一緒でないと幼稚園へ行けなくて、遊んでいても祖母がいるかどうか気にしていたらしい。こっそり帰ってしまったのを知って、泣きながら家へ走って帰ったこともあったと、後年になってよく言われて、

ちょっと恥ずかしかった。今も残っている遠足の写真を見ると、僕にだけは祖母がそばに一緒に写っている。

そんな幼稚園時代からの友達と同窓会を時々しているのは、「お友達と仲良くしなさいね」というエミコ先生の言いつけを守っているからだ。それぞれの人生途上で大病をしたり夫や妻を亡くしたりしていても、健気に生きている幼な友達の姿にいつも励まされている。

彼らの幼稚園児の頃を思い浮かべながら絵に彩色し始めた時、幼稚園の向かいの家から出て来られたご婦人が声をかけてくれた。怪しまれるといけないので、「この卒園生です、懐かしくて絵を描かせてもらっています」と言うと、「へえ、それなら私の後輩なのね」と親し気な言葉に変わった。その方は八十歳で少し先輩だったが、園長先生ご夫妻の思い出では話が合って嬉しかった。「今日はこれから出かけるから、また今度遊びにいらっしゃい」と言って去ってゆく先輩を見送りながら、祖母の後ろ姿を追っていた僕自身を思い出してしまった。

市立動物園の観覧車

屋上パラダイス

「デパチカ」という言葉が一時よく使われたが、最近あまり聞かないような気がする。これ風に言えば、「デパオク」についてこれから書こうとしている。つまり「デパートの屋上」の話だ。

娘たちがまだ幼かった頃だからもう三十年近く前のことだろうか、デパートの屋上へ時々遊びに行った。夏ならソフトクリーム、冬ならタコ焼きを食べたり、しょぼい汽車や観覧車で遊ばせたりした。時間的・経済的理由から遊園地やテーマパークへ連れて行ってやれないことの代わりにしていたことが、今から思うと少しばかり後ろめたい。

僕が幼い頃も、ごくタマのことであったがデパートの屋上で遊んだ記憶がある。エレベーターに乗って、屋上を意味するRというボタンを押してどんどん上がっていく途中、ライトが点滅する数字を見ながらワクワクした高揚感は忘れない。

古いアメリカ映画の中で、好きになった女性にデートを申し込む男性のセリフに確かこのようなのがあった。男「ビルの屋上で会いましょう」。女「どうして、そんな高いところで?」。男「僕は天にも昇る気持だから」。これは当時世界一高かったエンパイア・ステートビルのことだったかも知れないが、デパートの屋上はこんな感じで、僕らには憧れのパラダイスに思えたものだ。

一番よく行ったのは、大丸と高島

天にも昇る憧れの“デパオク”

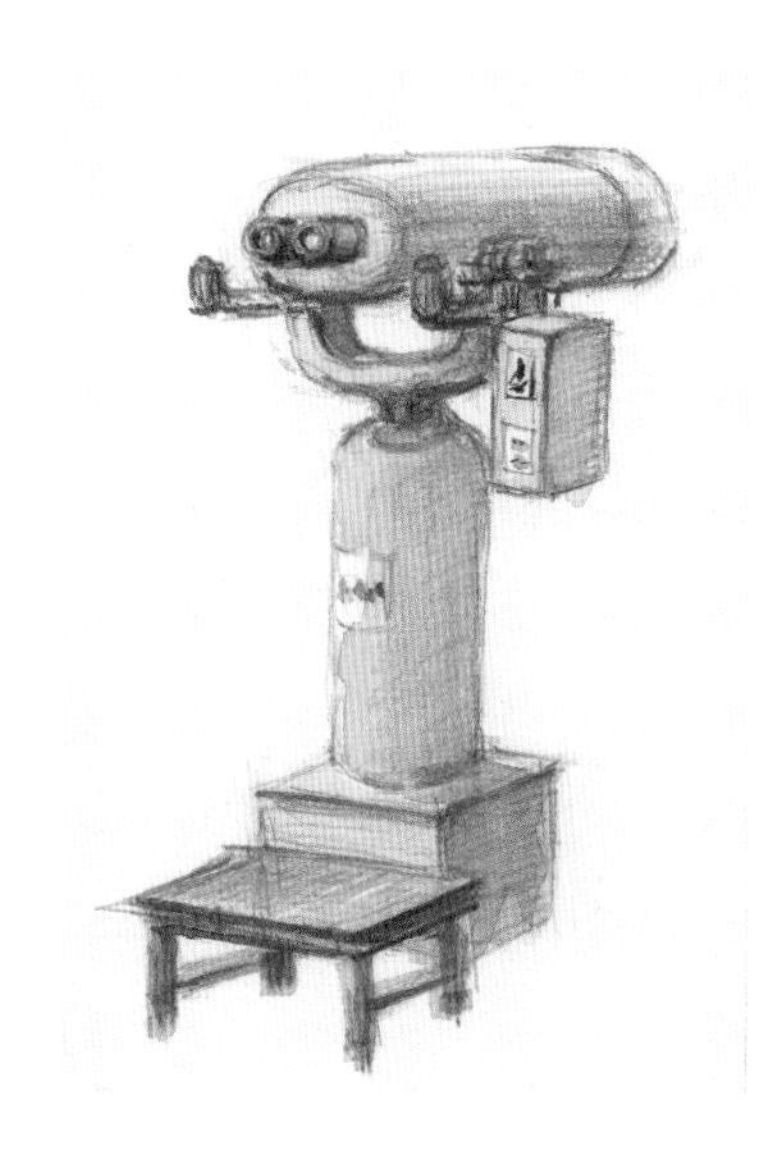

屋だったかなあ。屋上では十円玉を入れてのぞくと動画ではない昔話スライドが見られる装置が面白かったし、大きな双眼鏡に十円玉を入れて京都市内を眺めたこともある。観覧車に乗ると、普段は見られない景色を高いところから見下ろせて面白かったが、風で揺れると少し怖かった。

そんな郷愁の風景を求めて、先日デパートの屋上へ上ってみて愕然とした。大丸にも高島屋にも屋上遊園地などとっくになくなっており、少し調べてみると、なくなってからもう十年近く経つらしい。かつての僕のように、テーマパーク代わりに子供を遊ばせる父親の姿をながめることもできなくなったわけだ。ガッカリしたものの、せめて観覧車だけでも描こうと、近年りっぱになった岡崎の市立動物園へやって来た。そこには昔なつかしい観覧車が回っていたので、人気者のレッサーパンダの檻の前からスケッチしたが、今回はタイトルと相違することになってしまったことをどうぞお許しいただきたい。

洛北鞍馬街道

弁当をあければ

今は亡き文学の師・福島昌山人先生に誘われて、初めて俳句の会に参加したのは、もう三十年以上も前のことだった。それは種田山頭火や尾崎放哉で知られる自由律俳句の会だったが、俳句の理論など何もわからないまま、ただ師匠に連れられて月一回の句会を楽しんでいた。入会して間もない頃、「昼弁当あければ今朝の妻がいる」という句を詠んだところ、「そんな愛妻句をつくっているようでは立派な俳人になれへんぞ、嫁さんを泣かすくらいの覚悟が

おむすび頬張る至福の時

ないとアカン!」と笑われたことが何故か記憶に残っている。当時の僕が太宰治や檀一雄のような無頼派文士に憧れていたのも事実だ。しかし、今も弁当持ちの勤め人暮らしから脱け出せないままだから、とても放浪の俳人や火宅の人にはなれそうもない。

さて今回のテーマは、俳句よりもハイキングの方に縁のある弁当の話だ。通勤時だけでなく、スケッチ散策をする時も僕はできるだけ弁当を持ち歩くようにしている。弁当を持っていると、昼食場所など気にせずに自分のペースで描きたいだけ絵が描ける。逆に弁当がないと、食堂やコンビニをさがさなくてはならないし、どうしても時間が無駄になってしまう。

弁当の話を書いていて、祖母がつくってくれたおむすびのことを思い出した。少年時代に山歩きやハイキングをする時、祖母は大きなおむすび

を三個つくってくれたが、それは防腐剤などの添加物が入ったコンビニおにぎりと違う手作り安心おむすびだった。たいがいは竹の皮に包み、それを新聞紙にくるんで持たせてくれた。「あんたのおじいちゃんもそうやって、弁当を持って働きに出ていかはったもんや」という祖母の言葉もよく憶えている。

今も通勤時は弁当箱にご飯とおかずを入れて持ってゆくが、スケッチ歩きの時はおむすびの方が食べやすくて断然いい。最近はLサイズおむすびの場合だと一個、Mサイズなら二個をスケッチ鞄に入れている。そうそう海苔は巻かずにラップに包んで別に持ってゆくことにしている。自分なりに一応仕上がったと思えるスケッチ画を少し離れたところに立てかけて、おむすびを頬張るのは何ものにも代えがたい至福のひとときだ。

洛北鞍馬街道は若い頃からこうして何度となく弁当を食べた場所だ。スケッチブックに残っている絵の一枚一枚に昼弁当の味がしみついているようにも思える。それぞれが郷愁の風景に重なっているのは、きっと弁当の賜物と言っても過言ではない（いや、そこまで書くと少々過言かも知れないが）。

馬場町の児童公園

児童公園にて

今は「ちびっこ広場」という呼び方が一般的なのかも知れないが、僕らが子供の頃は、そんなカッコいい名前もなく、「児童公園」と言っていた。僕が住む吉田山東麓から市電の浄土寺停留所や錦林車庫へ出る途上に、馬場町の児童公園があった。「あった」と書いたが、先日、コドモのイエ幼稚園を訪ねたのを機会に立ち寄ってみたが、半世紀以上前とほとんど変わらない公園の姿に感動し、思わずスケッチブックを開いた。

同時にこの公園でのさまざまな思

い出が次々と胸の中から湧き上がってきた。まず祖母と一緒に遊んだ日のこと、家でぐずつくたびに祖母が真如堂かこの公園へ僕を連れてきた。山をつくったりトンネルを掘ったりした砂場は、あの時のまま今も残っている。すぐ隣に僕が通う幼稚園があったので、運動会はこの公園を使わせてもらった。白い鉢巻をした幼稚園児の僕とその横で弁当の包みを開けている祖母の姿を映した写真が今も手元に残っている。

夏の夜、この公園で開催された野外映画会のことも憶えている。とくに河野寿一監督、中村錦之助主演の『風雲児織田信長』が印象深いが、薄暮の公園へ蚊取り線香とうちわをもって三々五々集まってくる町内のオジサンやオバサンの姿そのものが映画の一シーンのように瞼に残っている。ここにも今はない地域の人々のふれあいが間違いなく感じられた。

冬の朝、まだ誰の足跡もついていない

積雪の公園へ飛び込む時のサクサクという足の感覚とワクワク気分は少年の日の記憶に欠かせない。ある時、近所の友達数人と巨大な雪だるまを作ったが、それが何日も溶けずに残っていてやがて崩れてうず高くなった雪の坂で橇を滑らせたりもした。

いったいいつの間に僕らはこの公園で遊ばなくなったのだろう。中学・高校生になった頃の公園の思い出は、遊ぶことよりもベンチで夜遅くまで友達としゃべっていたことだ。何の話題だったのか今となっては定かでないが、深夜までしゃべり続け巡査の職務質問を受けたこともあった。

大人になってから実家を訪ねた日、幼い娘たちをこの公園のブランコで遊ばせたことを思い出した。その昔、夢中になって遊んでいた僕が、いつの間にか人の親になり子供を遊ばせていることが急に奇妙に思えたものだ。そんな娘たちも手元を離れてゆき、公園の隅っこで一人スケッチしつつ、時の流れの不思議さをしみじみ味わっていた。

神楽岡通

愛しの公衆電話

携帯電話やスマホを持っているのが当たり前になっている昨今、公衆電話について書いても誰も見向きをしてくれないだろうが、あえてどうしても書いておきたいことがある。

それはケイタイ・スマホを持たずに暮らしているアナログへそ曲がり人間の泣き言でしかないかも知れない。しかし一方で、電子機器やネットワークに依存することなく、人と人とがつながっていたいと願う僕の心意気でもあると言いたい。とりわけスマホが現代社会のあらゆる局面に浸透して、意思伝達・情報取得の主流になっているのはわかるが、その反面この便利さの落とし穴に現代人はまんまと嵌ってしまい、逆に人が情報機器に従属し、時間に支配される度合いを助長したと思えてならないのだ。そしてネット社会の弊害に対しても鈍感になってしまうことに危機感すら抱く。

だいたいいつでもどこでも連絡し合える安心感が、果たして人間同士の幸せな関係と言えるのだろうか。すぐに連絡がとれない人に対する思いを、僕は大事にしていたい。人を求める心、燃え立つような人恋しさがそんな時間的・位置関係にあってこそ生まれるのではないか。歌舞伎の名セリフにある「今頃は半七さん。どこでどうしてござろうぞ」と人を思い、人に思われて生きていたいと願うのだ。ケイタイ・スマホの機能を高めるよりも、僕には外出先から架けるための公衆電話がもっと欲しい。

かつて僕が幼い日を過ごした神楽岡通には赤い電球が灯る交番所があり、その向かいに公衆電話ボックスがあった。高校一年生の夏に自宅に電話が設置されるまでは、この公衆電話をよく使ったものだ。小学生の頃、母の具合が悪い時に、電話機へのぼりついて父の勤め先のダイヤルを回したこともある。

二〇一八年、この電話ボックスは確かにまだ健在だった。懐かしさのあまり、架ける用事もないのにボックスの中へ入り、しばしそこからの景色を眺めていたから間違いない。ところが二〇一九年秋ひさしぶりに訪ねると、その周辺の風景がすっかり変わってしまっていた。誰が泊まるのかわからないような和風高級宿泊施設が建ち、あの懐かしの電話ボックスはもうどこにもない。ネット社会の波が郷愁の風景をまた一つ押し流してしまったのだ。しかたなく、電話ボックスのあった場所から比叡山を遠景にしてスケッチした。近景には僕の幼な友達の何人かがかつて暮らしていた町並が午後の陽射しの中で潤んで見えた。

真如堂への道

郷愁とはなにか

「郷愁」という言葉に導かれ、足の向くまま気の向くままのスケッチ散策をしてきた今、「郷愁とはなにか」をあらためて考えてみた。愛用の三省堂『新明解国語辞典』には「しばらく離れていた故郷に帰りたくてたまらないと思う心」と書いてあるが、生まれ育った京都で現在も暮らす僕にこの説明はピッタリこない。そう思っていると、さすがは新明解さん！ その続きに「過ぎ去った事態や環境などに身を置きたい気持を指すことも有る」とちゃんと書いてくれており、こちらの方ならすんなり受け入れられる。

若山牧水の「かたわらに秋草の花語るらく滅びしものはなつかしきかな」からは、過去への哀惜の気持が伝わり、この歌が好きだ。ただ「昔はよかったなあ」と何でもかんでも懐かしむのではなく、どこが良くてどこが悪かったか、そしてかつて存在した素晴らしいもののうち現代が何を失ってしまったかを考えることが重要だと思っている。

とりわけ僕が少年期を過した昭和二十年代後半から三十年代前半という時代は、戦争が終わり人々は平和のありがたさを享受しつつ、二度と戦争がない国にしたい、自由と民主主義を発展させたいという熱い希求を胸に抱いていたに違いない。それが教育・文化の底辺に流れていたからこそ、たとえ物質的には貧しくても心豊かに暮らし、出会った人たちや出来事が今も輝きを失わないのだと思う。現在、わが国では再び戦争が出来る国にしようとする策動が強まり、民主主義が蝕まれていっている。またネット社会の弊害で人と人のつながりが希薄になってしまっていることにも日々胸が痛む。そんな現状を憂うる時、人間同士がどうつながってゆけばよいかの貴重なヒントを郷愁の風景が示していることにも気づくのだ。郷愁は決して過去への回帰ではなく、未来への一つの指針なのではないだろうか。
僕の原風景とも言うべき真如堂への道をスケッチしていると、人生で出会った懐かしいいくつもの顔が脳裏をよぎる。日常生活の中で、ややもすれば怠惰に流される自分自身を叱咤激励し、若い頃に抱いた理想を忘れないためにも、そんな人たちとの思い出を大切にしていたいと願っている。

（「京都民報」二〇一九年四月〜二〇二〇年四月）

第2章　昭和なつかし話

あ痛〜い！　少年の夏

中年になってからもケガが絶えない。それも「不名誉の負傷」ばかりしている。

この春、地下鉄の上りエスカレーターでひっくり返って、左前額部裂傷で八針を縫った。しばらくは顔も洗えず、汚い顔のままで人前に出ていた。

数年前の秋、郊外へスケッチに出かけ、座っていた折りたたみ椅子が壊れて苅田へころげ落ちて右手首を骨折した。折りたたみ椅子は新しく買い換えたが、折りたためない右手首はギブスをしたまま我慢して使っていた。

さらに三年程さかのぼると、ちょっと理由は言いにくいが右肋骨を骨折した。しばらくコルセットで固定して、咳やくしゃみ、笑い声を必死に我慢するという胸の詰まる謹厳実直な日々を過ごしたこともある。

もう少し前には、やはり理由は書けないがお尻に火傷を……いやいや、もうこのへんでやめておこう。理由すら明らかに出来ない中年男のケガの話をいくら書いたところで、誰も同情してくれない。

そこで僕がまだ幼かった頃の「痛〜い話」に切り換えたい。

僕が生まれ育った家は典型的な京の町家、いわゆる「鰻の寝床」で、玄関からタタキ（土間）がまっすぐ裏庭まで続いていた。夏ともなるとそのタタキを水浸しにして、僕ら子供たちが裸足で駆け抜けていたが、ある日、僕はそのタタキで足を滑らせてひっくり返ってしまった。運悪く小さなガラス瓶を握っていたため、タタキで割れたガラスの破片が左の手のひらの真ん中に突き刺さった。

その瞬間の手のひらに感じた痛みは確かに覚えているが、その後のことは全然記憶にない。祖母から何度も聞かされた話によると、近所の小松医院へ運ばれて五針ほど縫ってもらったらしい。その時、祖母と小松先生の奥さんが押さえつけたが、僕が暴れまわって縫合出来ないので、待合室にいた近所のオジサンまでが動員されたとのことだ。

祖母の話では、これは僕が三歳頃のことだったらしいが、今も僕の左の手のひらの真ん中には傷痕があり、生命線と運命線を途中で寸断している。どうも最近、人生に翳りが出てきているのはきっとこのせいに違いない。

次に覚えているのは、小学校へ入学した頃のこと。夏休み終盤の楽しみの一つ、地蔵盆の夜のことだ。赤い提灯がいくつもぶら下がったテントの中にゴザを敷いて遊ぶのがとても楽しかった。この日は夜遅くまで友達と遊び回っていても大人たちが寛容だったから、僕らはこれ幸いと真っ暗になっても、ドロジュン（泥棒組と巡査組に分かれる鬼ごっこ）に興じていた。当時、家の前は原っぱや畑が広がっていて、隠れたり走り回ったりするには格好の遊び場だった。泥棒組の僕は巡査組に追いか

けられて、暗がりに向かって走っていると、目の前に突然光線が閃き、ほぼ同時にオデコの真ん中に熱い衝撃を受けた。僕は畑の境界線に張ってあった鉄条網に顔を突っ込んでしまったのだ。

幸いにして目よりも上だったので額を三ヵ所ほど切っただけで済んだのだが、勢いよく突っ込んだため眉間の傷が深く、血が目や口に流れ込んできた。ぬるっとしたナマ温かい感じがした。暗闇から明るいところへ出てきた僕を見て、友達がびっくりした。白いランニングシャツが赤く染まっていた。

泣きながら家へ帰った僕に「男の向こう傷は、いばってもかまへん。恥ずかしがらんでもええのえ!」と祖母は言ってくれた。

それからしばらく僕は額の傷を友達に見せびらかして、「旗本退屈男だ!」と言ったりしたものだ。この傷も小さくて目立たないが今も額に残っている。

ことのついでに「痛〜い話」をもう一つだけ。

僕にしてはよく覚えているから、きっと十歳くらいの頃のことだろう。

これも夏、僕らは毎日のように裏の吉田山へカブトやゲンジ(クワガタ虫のこと)を捕りに出かけていた。昼間に古い大木の枝に砂糖水を塗っておいて、夜になって懐中電灯をもって木に上ると大きなカブトやゲンジがたくさん捕まるわけだ。その日もいつものように木に上って、ちょっと珍しいミヤマクワガタを捕まえて意気揚々と下りようとした僕は、右太股に衝撃を受けた。強烈な電気ショックのような痛みが太股から身体中に響いたところまでは覚えているが、この時もそれからのことは全く記憶にない。記憶にないはずで、友達の話によると、悲鳴と一緒に木から落ちてきた時、僕はりっぱに失神していたらしい。

「大きい蜂に刺されて、二日間も高い熱でウンウン唸って寝てたんやで」と祖母に後から聞かされた。そのあたりのことは何となく古い映画のシーンのように浮かんでくる。常夜燈がまぶしく思える夜更けだ。蚊帳の中、夏布団に寝かされている僕、銅の金盥で手ぬぐいを絞る水の音がチャパチャパと聞こえる。祖母が冷たい手ぬぐいを額に当ててくれている。

「気を失のうても、ゲンジだけは離さへんかったんやなあ」と呆れたように祖母が笑った。耳を澄ますと、枕元の虫籠の中で、あのミヤマクワガタがカサコソと音をたてていた。

蜂に刺された針の痕は、今も僕の右太股に紅く光っている。

それにしても人間の記憶などいい加減なものだ。人が言ったことと自分が言ったことが混じり合ったり、人が見聞きした話を自分が見聞きしたかのように思い込んだりする。ひょっとしたら幼い頃の思い出のいくつかはそんな曖昧なものかも知れない。しかし「痛み」だけは違うのではないか。身体が「痛み」を覚えてしまっているのかも知れない。逆に言えば、残念ながら他人の痛みを自分の痛みにすることはなかなか出来ないものだ。

「人の痛みが解る人間になりや！」とよく言っていた祖母が死んでからもう十年になる。

僕は人の痛みが解るほどりっぱな人間にはなれなかった。だから、せめて自分の痛みだけでも、夏の日の出来事と一緒に大切にしておきたいと思っている。

（「The Essay 1」一九九一年二月）

叱られて

「叱られて、叱られて、あの子は町までお遣いに……」

このメロディーを聞くと、よみがえってくるのは幼い日、祖母に叱られた思い出の断片。

あの頃の僕には、祖母から聞いた講談話の登場人物やマンガの主人公になりきってしまう悪癖があった。金太郎の話を聞いて近所の大きな黒犬（僕には熊に見えた）に跨ったし、牛若丸の話を聞いた後は、笹を切って横笛よろしく口にくわえて白い風呂敷をかぶって得意げに歩いていたらしい。

ある日、祖母から聞いた『源平盛衰記』の鎮西八郎為朝や那須与一の話に胸躍らせ、早速祖母にせがんで垣根の竹を半分に割ってタコ糸を張った弓を作ってもらった。「人に当てたらあかへんえ！」と言いながら祖母は僕がこんな遊びに熱中しているのを嬉しそうにしていた。

「人に当てたらあかんのやから、何か他に的になるもんがあらへんかな……」というわけで庭をきょろきょろ見回すと、おっ、ありました、ありました、恰好の的が。日の当たる縁側に大きなざるが干してあったので、これを庭木の枝に挟んで的にし、笹の矢を弓につがえて引き絞った。

最初、矢はなかなか「ざるの的」に当たらなかったが、そのうちに当たるようになった。しかし矢はざるに当たって跳ね返ってしまう。これでは源平合戦にあった弓矢の醍醐味は味わえない。そこで矢の先を小刀で削って尖らせて放つと、矢は見事にざるの真ん中に突き刺さった。僕は扇の的を撃ち抜いた那須与一に変身して、「ううん、ええ気分」。

二の矢、三の矢も見事に命中。四の矢、五の矢……気分は最高だったが、気がつくとざるはボロボロ、底に無数の穴があいている。しばらくしてざるの大きな穴から見えたのは、カンカンに怒っている祖母の顔だった。

「このざるは、おじいちゃんが買うてきやはった上等のもんやのに！　それをこんなメチャメチャにしてしもてからに！」

僕は弓矢を放って逃げ出した。

さて第二話（?·）。家の裏庭に物置小屋があった。祖母がいつもきちんと整理整頓しているのを、僕は物心ついた頃からずっと見ていた。古い骨董品や時代劇に出てくるような道具類が一杯つまっていて、この物置は僕の遊び道具の宝庫であった。

その日も暗がりで何やらゴソゴソ探検をしていた。マンガで見た鼠小僧次郎吉がカッコよくて、僕はすっかり悪代官か強欲回船問屋の土蔵に忍び込んだ次郎吉気分になってキョロキョロ探って回った。

この時、蝋燭の火が壁に掛かっていた棕櫚(しゅろ)の箒に燃え移ってしまった。

突然、物置の中はパッと明るくなって、箒はたちまち火に包まれた。僕はびっくりして大声を上げた。駆けつけた祖母にこっぴどく叱られたことは言うまでもない。この時、僕が素早く逃げ出せなかったのにはわけがある。火にびっくりして小便をもらし、ズボンがぼとぼとだったからだ。


続いての話には、カッチャンとタカオチャンという近所の幼な友達の兄弟が登場する。僕とカッチャンはチャンバラ映画が好きで、その日も快傑黒頭巾が処刑場へ駆けつけるシーンの話をしていた。竹やらいが組まれた処刑場の中央には磔台が立っており、白い着物の人がくくりつけられている。そこへ黒頭巾が白馬で駆けつけ救い出すといったところだ。

「誰か処刑される奴はおらんかな……あっ、いた!」と二人は同時に叫んだ。いつも僕らについて回って遊んでいるカッチャンの小さな弟がいた。僕らはそのタカオチャンを裏庭の木に縛りつけることにした。最初は一緒に遊んでもらっているのでキャアキャアと喜んでいたタカオチャンも、木に縛られるに至って大声で泣き出した。その泣き声を聞いてかけつけたのは、黒頭巾ならぬ怒りの祖母であった。

「人を木に縛ったりして、どういうつもりや!」

どういうつもりも何もない。泣いてる人を助ける黒頭巾になろうとしていたところを邪魔されて悔しかったが、祖母の言葉にしたがって、人間の代役に姉の部屋にあった大きな象のぬいぐるみを木にくくりつけた。カッチャンと二人で両脇から突いた。「ギャア!」と象のぬいぐるみが叫ぶわけはなく、僕ら自身の声色である。

その日、遊び終わった庭の木に、綿や毛糸の詰め物が飛び出して無残なズタズタ状態になった象のぬいぐるみが縛られていた。もちろん祖母にコテンコテンに叱られた。

さらにもう一つ。あの頃、流行していたマンガに武内つなよしの『赤胴鈴之助』があった。少年剣士鈴之助の先生である北辰一刀流の千葉周作が、剣道は武術だけでなく心の鍛錬こそ大切だと鈴之助を諭そうと、「剣と心」という本を鈴之助に貸し与える。

これがカッコよくて、僕もこんな本が欲しいなあと思っていたところ、ある日、祖母の茶箪笥の引き出しにこれによく似た和綴の本が入っているのを見つけた。

僕は早速その本の表紙にマジックインクで太く大きく「剣と心」と書いた。後で知ったのだが、この本は茶道の伝授書だったらしい。

「あんたという子は、ほんまにしゃあない子やなあ。ばあちゃん、もう怒る気もせんようになったわ」と祖母が情けない顔で力無く言った。きつく叱られるよりも、僕には何故かこのことが哀しくて、「ああ、悪いことをしてしもたんや」と珍しく反省した。

歳月が流れ、一人娘であった僕の母を亡くした晩年の祖母は、幼い頃のように僕と一緒に暮らすことになった。僕を何度もおんぶしてくれた祖母の背中はいつの間にか小さくなっていた。数えきれない程、僕を叱った祖母がどんどん優しくなってゆき、まもなく死んだ。

祖母の優しい笑顔よりも、半分泣きながら僕を叱ってくれた祖母が今は恋しい。

（「The Essay 4」一九九一年十二月）

木の上の家

小学校の頃に見ていたテレビ番組に『名犬ラッシー』という連続もののアメリカ映画があった。「わっわっわー、輪が三つ、わっわっわー、輪が三つ、ミツワ、ミツワ、ミツワ、ミツワ石鹸」というコマーシャルソングで始まる番組だった。

『名犬ラッシー』は、農場を舞台にしたのどかな話で、主人公はジェフという少年と彼が飼っているラッシーという名のコリー犬だ。毎回、ジェフや友人ポーキーがいたずらをしたり小さな冒険をしたりするのだが、ある時、裏山の大木の上に、小屋を作る話があった。

主人公たちが「トムソーヤー」や「ロビンソンクルーソー」にあこがれ、枝から枝へ丸太を渡し、少しずつ小屋を作っていくプロセスがとても楽しそうだった。完成した「木の上の家」に本やおやつを持ち込んで遊んでいるシーンにワクワクさせられた。

だいたいがテレビ番組に影響を受けやすい僕はすぐに、自分の「木の上の家」を作ることにした。本来なら友人たちと一緒に吉田山の大木に作るところだが、僕は自分一人の家が欲しかった。

わが家の狭い裏庭には楓の木が一本立っていた。僕は時々、この木の上に上っていたので、とりあえずこの木の上に家を作ることにした。といっても枝から枝へ三本の割木を渡し紐や針金で固定して、そこへ何枚かの板を乗せた「木の上の椅子」程度のものであった。しかしさらに高い枝に大きなビニール風呂敷を拡げて四隅を紐で引っ張ると屋根にもなった。他には手頃な枝に古い買い物籠をぶら下げておいて、そこにお菓子やマンガ雑誌をいれておいたし、雑誌の付録のペナントを高い枝に掲げた。

地上三メートル少々の高さであったが、不思議なもので目線が高くなるだけで世界が違って見えて、学校から大急ぎで帰って来ては、この「木の上の家」で恍惚の時をすごしたものだった。

ある日、何が原因であったか定かでないが、兄とひどいケンカをした。ひがみっぽい性格の次男坊であった僕は、「なんで兄ちゃんばっかり大事

にされて、僕だけが怒られなあかんのや」という不満をいつももっていた。

その日も母にきつく叱られた僕は、「木の上の家」に上った。意地でも下りるものか！と心に誓っていた。

夕方になってお腹が空いてきたが、我慢していた。さらに夜になって身体が冷えてきた。

こんな時、賢い名犬ラッシーがいたら、家から食料を僕に運んできて、そばにいて温かいやろなーとか、そう言えばジェフやポーキーは夜になってランプをつけていたな、とか考えて暗く寒い木の上にいた。

その間に、母が一度「ええ加減にして、下りておいで」と下木勧告（下山という言葉があるのだから、木から下りるのはこう言うのだろう）にきたが、僕は無視した。勤めから帰ってきた父も説得にきた。ケンカ相手の兄までが「僕も悪かったし、仲直りしよ」と休戦提案をしてきたが、僕は断固拒否しつづけた。そのうちに「もうほっとこ、ほっとこ」という家族たちの声が聞こえ、ガラス戸ごしに見える茶の間の灯りが恨めしかった。

それから随分たって、祖母が「下りてこんでもかまへんさかい、木の上で弁当食べとき」と言って、枝にぶら下げていた買い物籠にアルミの弁当箱を入れてくれた。そっと引き上げて開けると、僕の大好物の「甘く炊いた高野豆腐」が入っていた。一つ摘んで口に入れると、すっかり冷たくなっていたが、柔らかい高野豆腐にしみ込んだ甘い汁が僕の口を満たしてくれた。

その途端に、頬がキューーと痛くなって目の奥から涙が湧いてきた。涙粒はどんどん大きくなっていった。やがて涙がボトンと半ズボンからはみ出た太股に落ちた。それを合図に、僕は自分でもびっくりするくらい大きな声を上げて泣き出した。しばらくして、また祖母が木の下に立った。

「早よ下りといで、高野豆腐をぎょうさん炊いといたんえ」と少し優しい声で言った。

その後のことはあまり覚えていない。どうして下りたのか、はっきりしない。

裏庭の楓の木は、部屋の増築の時に切られてしまった。夏には縁側に涼しい木陰をつくり、秋には見事に紅葉していた楓の木はもうどこにもない。

父母も祖母も死んだ後、僕が幼い日を過ごした家は人手に渡り、昔日を懐かしがるよすがもない。ただこの出来事のせいかどうかはわからないが、僕は今もって甘く炊いた高野豆腐にはどうも勝てない。

（「The Essay 6」二〇〇〇年八月）

ばあちゃんの手

僕は幼い頃からずうっと祖母を「ばあちゃん」と呼んでいた。だからこの稿もしっくりしない祖母という言葉をやめて、ばあちゃんと書くことにする。

ばあちゃんのことを思い出すと、その手に引かれてチョコチョコ歩いている幼い日の僕の姿が浮かび上がってくる。逆に僕自身を中心にして思い出そうとしても不思議に何も浮かんでこないのだ。

ばあちゃんは僕の母の母親である。一八九九（明治三十二）年生まれだから今あらためて数えてみると、僕が生まれた時はまだ五十歳くらいの若いおばあちゃんだったことになる。終戦直後に結核で夫（僕の祖父）を亡くしてからは、一人娘であった僕の母を気遣いながらの一生を送った人だった。

三番目の子である僕を産んだ直後から母が肺浸潤という病気で寝込んだため、僕はばあちゃんに育てられたらしい。だから今でも幼い日の記憶には、ばあちゃんと一緒のものが多いわけだ。

ばあちゃんの話によると、僕は小学三年生くらいまで、ばあちゃんと一つの布団で寝ていて、お乳を触っていないと寝付かなかったらしい。このことを僕はとても恥ずかしいことだと思い、今まで誰にも秘密にしてきた。

ばあちゃんは寝物語にたくさんの話を聴かせてくれた。おとぎ話はもちろんのことあらゆるジャンルの昔話をばあちゃんはよく知っていた。とくに僕が一番気に入っていたのは、剣豪が活躍する講談ものや勇ましい軍記ものだった。源平盛衰記や太平記はもちろん日清・日露戦争の話も好きだった。ばあちゃんはどこで仕入れてくるのか知らないが、落語もたくさん知っていた。だから僕が時々下手なダジャレを言うのは、ばあちゃんのせいかも知れない。

ばあちゃんに手をひかれて歩いた最初の記憶は真如堂の石畳だ。信心深かったかどうかは知らないが、ばあちゃんはいろんなお寺へよく行った。朝早くに真如堂にお参りにゆくと、美味しい粥をふるまってくれた。ばあちゃんと一つの布団で寝ていたので、ばあちゃんが起きると僕もつられて起き出し、ついて行った。早朝の寺の本堂でばあちゃんの隣に座って、坊さんのわけのわからない話を聴いていたのを覚えている。

古い写真がある。おそらく僕が二、三歳くらいの時のものだろうか。ばあちゃんに手をひかれて四条通を歩いている写真だ。当時は街頭写真屋というものが町にいて、撮ってくれたものらしい。ばあちゃんに手をひかれながら、もう一方の手には絵本を握っている幸せそうな僕が確かにそこにいた。

夏のある日、六道さん参りに連れて行ってもらった。お参りの後、境内の屋台でとうもろこしを買って、何本かずつ荒縄でくくってもらってばあちゃんと二人で持って帰った。快傑黒頭巾の大友柳太朗のブロマイドも買ってもらったが、これはかなり大きくなるまで大事にしていた。

ばあちゃんの妹が伏見に住んでいて、時々遊びに連れて行ってもらったが、その帰りに銀閣寺行の市電に乗ろうとして、間違って金閣寺行きに乗ってしまい途中で慌てておりたことも覚えている。

同じ頃、僕の睫毛の中に腫れ物が出来た。ばあちゃんは毎日、京大病院へ僕を連れて通った。熊野神社の屋台店でお菓子やおもちゃを買ってくれた。おそらくそれを餌にして、僕を連れ出したのだろう。病院では睫毛をプツンプツンと抜いては薬を塗ったので、幼い僕は嫌がって大声で泣いたらしい。

「看護婦さんが『大森さん!』と呼んだとたんに、あんたはお菓子を放り出してギャーと泣いたもんや」とばあちゃんは後になってよく話した。

幼稚園へ通うようになって最初の頃、僕はばあちゃんが後ろにいるかどうかを時々確かめながらでないと安心して遊べなかった。そっとばあちゃんが家へ帰ってしまったことに気づいた僕は、泣きながらばあちゃんの後ろ姿を追っかけたこともあった。

他の兄弟たちが父母に連れられて外出する時も、僕だけはばあちゃんと家に居たいと言ったらしい。だから家族写真に僕だけが写っていないものが多い。静かになった家で、ばあちゃんと二人で暮らせた心地よさを微かに覚えている。ある夏、家族が海水浴へ二、三日泊りがけで出かけたことがあったが、僕はばあちゃんと残った。夜になると、ばあちゃんは僕の手をひいて電車道の駄菓子屋へ花火を買いに連れて行った。少し涼しくなった縁側で、ばあちゃんと花火をして井戸で冷やしたスイカを食べた。ブタの蚊取線香入れから白い煙が立っていた。

それ以降もどれだけの回数、ばあちゃんに手をひかれて歩いたことだろう。

そんなばあちゃんの手をひいて石切神社への道を歩いたのは、二十年程前の春のことだった。乳ガンの手術をした母の病気平癒を祈願するため、ばあちゃんは石切神社へのお参りに連れて行けと僕に言った。ばあちゃんにとって、きっと生駒山の麓は外国みたいに遠くに思えたのかもしれない。近鉄の石切駅から長い坂を久しぶりにばあちゃんの手をひいて歩いた。

僕のどこかにはしゃぐような気分があったのか、神社までの道で多弁になっていた。するとばあちゃんは「もうちょっと静かにお歩き!」と怒ったように言った。お参りが終わってから参道脇の小さな食堂で、いなり寿司とざるそばを食べながら、「お参りを済ますまでに喧しゅうしてたら、神さんが頼み事を聴いてくれはらへんのやで」とばあちゃんが教えてくれた。

僕が大声ではしゃいだせいでか、母はその年の秋に亡くなった。僕には母が死んだことよりも、一人娘に先立たれたばあちゃんが葬式で気丈に振る舞っている姿の方がずうっと哀しかった。

母の遺言に従って、ばあちゃんは僕の家で暮らすことになったが、晩年のばあちゃんとの日々については不思議に記憶が少ない。ただ折にふれ僕の妻や小さな娘たちに、僕の幼い頃の思い出話を繰返しては笑っていたばあちゃんの顔だけが焼き付いている。そうだ、桜が満開の頃、西山の花の寺に行ったことがあったなあ。見事に咲いた桜の下を、両手を曾孫にひかれて歩くばあちゃんの背中が小さく丸まって見えた。

それから程ない初夏のある夜、急性肺炎であっけなくばあちゃんは死んだ。八十八歳だった。

ばあちゃんに手をひかれて歩いたのも僕だし、ばあちゃんの手をひいて歩いたのも僕だ。でもやっぱり、ばあちゃんに手をひかれていた僕の方が、ほんとうの僕のような気がする。

（「The Essay 8」二〇〇一年四月）

お日様ナンマンダブ

春まだ浅い頃、能登半島の付け根にある氷見温泉へ行った。ここから富山湾を隔てて、雄大な立山連峰が望めるというので、期待ワクワクで列車に乗った。途中で道草を食っていて、氷見に着いたのは夕刻、東の空は曇っていて何も見えない。

翌朝五時半、宿のカーテンを恐る恐る開けると、月明かりにおぼろげながらも立山の稜線が浮かんでいる。

「よおっしゃあ！」と一人叫んで、旅館の階段をドタバタ駆け下り、一目散に露天風呂に飛び込んだ。真正面が東の空で、雪の立山からのご来光がきっと見られるはずだ。

あたりはまだ真っ暗だった。宿の情報では、日の出までまだ三十分近くある。それでもこのチャンスを逃してなるものかの一心で、とにかく露天風呂のお湯から両目だけを出してひたすら待っていた。

そのうち、立山の稜線全体が明るくなって、黄金色に輝く小さな点が見えた。やがて点が線に、線が面へ広がって、大きな朝日がジャジャジャジャーンと、山の向こうから現れた。

この瞬間ばかりは、どう見ても朝日の方が動いているとしか思えず、地動説を唱えたコペルニクスやガリレオの方が「少々根性ワルのいじけのオッサン」に思えてしまうから不思議だ。

何かわけもなく、ありがたい気分になる。いつの間にか、露天風呂に一緒に入っていたお年寄りは、両手を合わせてしきりに「南無阿弥陀仏」を唱えている。その気持がよくわかり、日頃から宗教心の希薄な僕まで思わず手のひらを合わせてしまいそうになった。

そう言えば、僕の祖母も毎朝、東山から昇る朝日に手を合わせていたことを思い出した。

夏、薄暗いうちに一緒に起きて、野原へジュウシマツの餌のハコベを摘みに行った時など、大文字山から昇ってくる朝日に「ナンマンダブ、ナンマンダブ」を唱えていた。

朝日だけでなく、祖母は何かあると「ナンマンダブ！」だった。

毎朝、おくどさんのご飯が炊き上がると、お釜から最初のご飯を小さな器に山形に盛って、神棚に上げてからおもむろにナンマンダブ！

一緒に歩くことがあっても、立ち止まっているかと思うと、ずうっと遠くに見える神社の鳥居や道端の小さなお地蔵さんにも丁寧に両手を合わせて、ナンマンダブだった。

真如堂、黒谷（金戒光明寺）、吉田神社、竹中稲荷、宗忠神社、後一条天皇陵、陽成天皇陵など、僕が幼い日を過ごした家の周りには、神社仏閣や御陵などがいっぱいあったから、ナンマンダブのネタには事欠かなかったわけだ。

もちろん三度の食事の前には、必ずナンマンダブ！

季節の初物が食卓に並んだ時なんかは、いつもより力を込めてナンマンダブ！

お風呂の湯船に肩まで浸かった途端にナンマンダブ！

毎晩、祖父を祭った仏壇に線香を上げて、鉦をチンと鳴らしてからナンマンダブ！

通り道で、黒い衣を着たお坊さんと行き交うと、その後姿にも両手を合わせてナンマンダブ！

時々出会う虚無僧にもナンマンダブ！

正月に必ず来る獅子舞にもナンマンダブ！

走り去っていく霊柩車に向ってもナンマンダブ！

今から思えば、祖母の宗旨はいったい何であったのかさっぱりわからない。


僕が高校生の時、七十ミリワイドスクリーンで総天然色の大スペクタクル映画を祖母に見せて、びっくりさせてやろうと思い立って、『ベン・ハー』を見に連れて行った。あの有名な戦車競争の場面でびっくりして腰を抜かすかと楽しみにしていたが、祖母はそんなヤワな女ではなかった。ただしキリストの処刑と奇跡の感動的なラストシーンではガーゼのハンカチを何度も出していた。そして大画面に「THE　END」が出た途端に、画面に向って両手を合わせて、ムニャムニャ言っている。よく聴くと「ナンマンダブ、ナンマンダブ」を繰り返していた。

神の奇跡のありがたさはわかるが、キリスト教の話でもナンマンダブだから驚く。

夜、祖母と布団を並べて寝ると、枕に頭をつけた途端にいつもこう言った。

「ああ、ナンマンダブ！　寝るほど楽は、世にあろか、起きて働く甲斐がある」

僕はそれを真似して「寝るほど楽は世にあろか、起きて働くタワケモノ、あーヨイヨイ！」と言って、めちゃめちゃに怒られた。

ある日、近所の墓場で遊んでいて、ちょうど墓石に足をかけて木に登ろうとするところを、祖母に見つかり、コテンコテンに怒られたこともある。

「お墓やて言うても、ただの石やろ、石段と同んなじやんか。なんであかんのや、ボク、神さんなんか信じてへんもん！」と反論すると、祖母は少し悲しそうな顔で言った。

「あんたが神さんや仏さんを信じてるか信じてへんかのことと違うのや、人さんが信じてありがたがったはるもんを大事にすることが、その人を大事に思うたげることになるんやで」

僕は今もバチあたりなことばかりしているので、「南無阿弥陀仏」などと漢字で書いてあっても、全然ありがたみは沸かない。ただ「ナンマンダブ」とカタカナで聞くと少し身が引き締まる。

（「The Essay 12」二〇〇二年八月）

市場(いちば)が一番

時々、近所のスーパーへ買い物にゆく。コンビニや量販店に押されて、一時、閉鎖の危機が囁かれたこのスーパー、充分な品揃えは期待できないが、とにかく存続していてありがたい。食事の準備をしていて、「あっ、メリケン粉、あらへんで」という場合に便利である。

さてスーパーと言えば今やスーパーマーケットのことだと誰にでもわかるが、かつてスーパーマーケットが世に現れ出た頃には、スーパーと言えば、「スーパーマン」や「スーパージャイアンツ」など空を飛べる正義の味方にだけ許された名前だった。「空も飛べへんのに、スーパーとは生意気や！」と僕ら心ある少年たちは密かに怒っていた。

そんなスーパーが地域の古い市場をいじめていた昭和三十年代前半に、少年時代を過ごした僕には、スーパーに果敢に抗していた市場風景に懐かしさを覚えてしまう。

天井から吊り下げられた裸電球が店先をオレンジ色に照らし、蠅獲り紙が垂れ下がっている。店によっては包装用にカットされた古新聞紙の束や釣銭を入れたザルが吊り下げられていたし、目方売りには欠かせないハカリまで吊ってあった（こうして書くと、この時代は何でもぶら下っていたみたいやなあ）。

僕が幼い頃、住んでいた家から十分くらい離れた電車道に丸銀という市場があった。近所の野原で遊んでいると、祖母が縄で編んだ買い物籠をもって通った。

「ばあちゃん！　市場いくんやろ？　なんか買うてえな！」と言いながら市場へついていった。

祖母はいつも左側の通路からぐるっと回って右側から出てくるという買い物経路だった。入ってすぐ左手に肉屋があって、細く赤い蛍光灯で照らされた何段かの肉皿があった。その向こうにコロッケを揚げるいい香りがする。

「ばあちゃん！　買うてえな」と言うが「アカン！」の一言。コロッケ五円の看板を尻目にさっさと歩いていく祖母にトボトボとついていった。

少し入ると玉子屋だ。あの頃の玉子は十個入りのプラスチックケースに入ったりしていなくて、大きな平台にむき出して積み上げられていた。「十個、下さい」と言うと、玉子屋のオジサンは一個ずつ電球の前へかざして見てから紙袋にそっと入れていったが、いったい何を覗いているのか不思議だった。僕は玉子がヒヨコになってしまってないかを見ているのかと思ったりした。

玉子屋の小さなケースの中には、だし巻玉子焼がきれいに並んでいたが、これが艶やかで美味しそうだった。

「ばあちゃん！　玉子焼、買うてえな！」、「アカン！」

祖母はどんどん奥へ入っていく。僕もチョコチョコついていく。乾物屋がある。当時は冷凍食品や真空パックなどあるわけないから、缶詰が保存食のチャンピオンだった。

「ばあちゃん！　みかんの缶詰、買うてえな！」、「アカン！」

金物屋、洋服雑貨、花屋などこのあたりでは僕は静かについていく。くるっとまわって少し広くなったところに、八百屋と魚屋があった。出口に向かうところに漬物屋や文房具屋、そして天ぷら屋があった。祖母はほとんどの店のオジサンやオバサンと顔見知りで、店の人たちも「お孫さん、大きうならはりましたなあ」とか「死なはったお祖父ちゃんによう似てきやはりましたなあ」とか言った。

僕はそんなことはどうでもよくて、黄色く輝いている天ぷらが気になった。

「ばあちゃん！　イカのてんぷら、買うてえな！」、「アカン！」

一周回って、最後に菓子屋と果物屋がある。その手前に焼いも屋がある。「ばあちゃん！　焼いも、買うてえな！」、「アカン！」

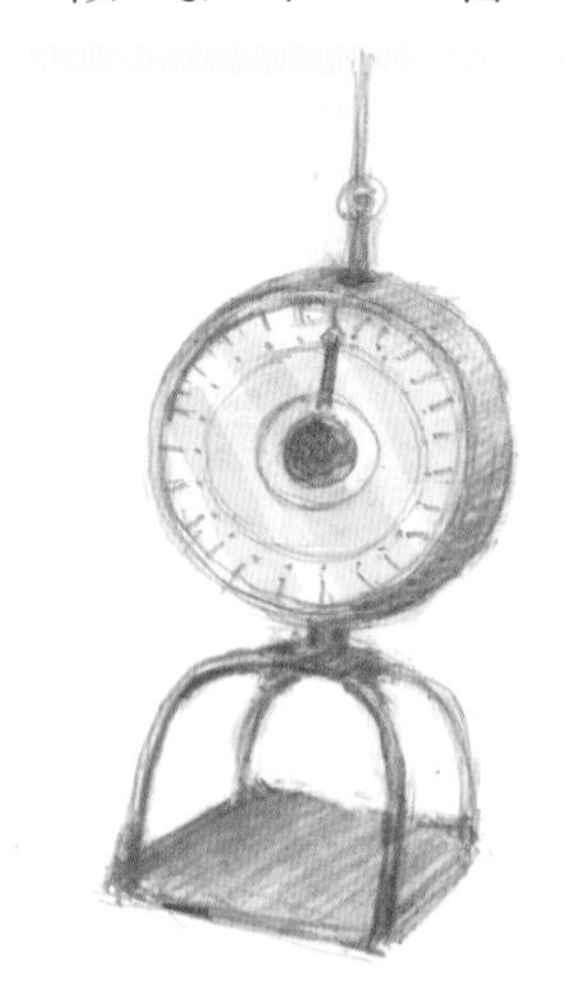

一周回って、最後に菓子屋と果物屋がある。僕にとっては、ここが狙いどころだ。さあ、何を買ってもらおうかと虎視眈々と、店へ近づいた時、祖母はお菓子屋の手前で、「あっ、そやそや、絹糸、買うの忘れてたわ！」と言って、もとの通路をスタスタと戻っていった。

「ううん、もう！」、僕は牛になっていた。折角、一周ついてまわったのに！

「ばあちゃんのケチ！」、憎まれ口を言ってから、僕は野原へ走って戻って、また遊びに興じていた。

しばらくすると、僕の名前を呼ぶ声が聞こえる。道に買い物籠を下げた祖母が立っていて、白い包みを僕に向って振っている。

なんやろ?と近づくと、「みんなでちゃんと分けなあかんで!」と言って、祖母は僕に包みを渡した。そこには揚げたての五円コロッケが十個入っていた。

今は市場もないし、野原もないし、祖母もいないし、五円コロッケもない。ちなみにスーパーのコロッケは五十円だが、もうあの頃のように美味しくはない。しかし、せめて地域のスーパーを応援したくて、僕は今夜も五十円コロッケを買いにいくつもりだ。

(「The Essay 13」二〇〇二年十二月)

僕のラジオデイズ

ウディ・アレン監督作品に『ラジオデイズ』という映画がある。「これはオモロイで!」とわが敬愛する昌山人師匠から聞いたので、すぐに近所のビデオ店で借りて見た。

「そうか、こういうものを映画に出来る人もいるんや」と僕はほんとうにうれしくなってしまった。これはニューヨークの下町で生まれ育ったウディ・アレンがその少年時代を懐かしく甦らせた映画で、当時のラジオ文化が面白く描かれている。

ウディ・アレンと世代は少し違うとは言え、僕にもラジオデイズがあったんやなあと思い出した。

四畳半の茶の間の整理箪笥の上に置かれたラジオの前に、家族揃って行儀よく座っていたものだ。裏から覗くと太い真空管が何本も立ち並んでいるのがわかる、そんな木箱のラジオから流れ出る音声にじっと耳を傾けていた家庭風景が確かにあった。

昭和三十年代半ばにテレビが普及するまで、娯楽の王者は映画だったと言われているが、そんなにしょっちゅう映画に行けるだけの経済的余裕のない僕ら長屋少年たちにとっては、ラジオこそが日常生活の一角に異文化を取り入れる貴重な窓口だったのだ。

今でも耳を澄ませると雑音だらけの真空管ラジオからの懐かしい音声が聞こえてくる。どうも風向きによって音が上手く聞こえなかったり雑音が入ったり、ピーピーガーガーで音が途切れたりしたので、時々、チャンネル（いや、これはテレビの場合か）を合わせる必要があった。

台風が近づいてきた時など、ラジオの気象ニュースだけが頼りで、一家で真剣な顔で聞き入っていた。にこやかなお天気おじさんが天気図を見せながら説明するテレビの台風情報より、「石垣島、南南西の風、風力3……」という声だけのラジオの方がはるかに迫力があって、台風のすごさが伝わってきた。

こう見えても僕は戦後生まれだから、「大本営発表！」や「前畑がんばれ！」も「耐え難きを耐え」は直接聞いていない。「赤いリンゴに唇寄せて」や「鐘が鳴りますキンコンカン」も知らない。

それでも、「そんなこと憶えているのか、よっぽど他に憶えることがないのか」と笑われるのが怖くて隠しているが、僕には幼い頃に聴いたラジオ番組にたくさんの記憶がある。

花菱アチャコ・浪花千栄子の「お父さんはお人好し」、ミヤコ蝶々・南都雄二はじめ当時の上方漫才師がいっぱい出演していた「漫才学校」、西条凡児の時事漫談、ダイマル・ラケットの「お笑い街頭録音」など全体にお笑い系が多かった。「赤胴鈴之助」、「一丁目一番地」、「ヤン坊ニン坊トン坊」、「うっかり夫人とちゃっかり夫人」、「犯人（ホシ）をあげろ」などのラジオドラマもよく憶えている。とくに「新諸国物語シリーズ」の「笛吹童子」、「紅孔雀」、「七つの誓い」、「黄金孔雀城」に夢中になっていたし、「二十の扉」、「私は誰でしょう」、「しりとり歌合戦」などのクイズ番組も好きだった。当時は相撲や野球もほとんどはラジオ中継だった。NHKのスポーツ行進曲が最初に流れて、志村アナウンサーの名調子が聞こえるだけで、蔵前国技館や神宮球場にいる気分になれたから不思議だ。

そうそう、宮田輝司会の「三つの歌」という番組も懐かしいなあ。

「三つの歌です、君も僕もあなたも私も朗らかに、忘れた歌なら思い出しましょ、みんな一緒に歌いましょ」というオープニングソングが耳の奥に残っている。

当時の「よい子たち」は、夜八時にはおやすみ時間だったので、「もう寝なさいや！」と言われて僕は二階へ渋々追い上げられた。言うまでもなくラジオは一階の茶の間にデーン（と言うほどでもないが）と置いてある一台しかなく、もっと聴いていたいとせがんだのか、祖母は蒲団の中で、「ば

あちゃんが『三つの歌』してあげよか」と言って、メロディを口ずさんでくれた。童謡や歌謡曲、寮歌や軍歌もあったが、僕がとくに好きで繰り返し祖母に歌わせたのが、「水師営の会見」だった。

これは日露戦争最大の激戦・二〇三高地で有名な旅順要塞攻略後の停戦会談を描いた歌だ。当時の僕には歌詞の詳しい意味はわからなかったが、祖母があらすじを話してくれたので印象深い。祖母は四番の歌詞「昨日の敵は今日の友、語る言葉も打ち解けて、われは讃えつかの防備、かれは讃えつわが武勇」というところがお気に入りで、「あんたも友達とケンカしてもかまへんけど、こんな風にちゃあんと仲直りが出来なあかんのえ」と教えてくれた。

数年前、水彩画の師匠・川浪先生の故郷である下関へ連れて行ってもらった時、長府の乃木希典の生家跡へ立ち寄った。庭にはこの「水師営の会見」の歌詞が九番まで石碑に彫られていた。石碑の前で先生と一緒に「旅順開城約なりて……」と大声で歌った。僕は四番までしか覚えていなかったが、五番以降を石碑の文字を読みながら歌っているうちに、その昔、蒲団の中で祖母のおちちをさわりながら「旅順開城約なりて……」を聴いて眠りについていた幸せな僕が蘇った。

今も僕は気分よくなるとこの歌を歌うことがある。ただ困るのは「旅順開城……」と聞くと一種の条件反射なのか、おちちを触りたくなることだ。だから僕はウォークマンを持たない。もし満員電車のヘッドフォンで「旅順開城……」が流れたら、もうそらあ、大変なことになりそうだから。

（「The Essay 14」二〇〇三年四月）

ばあちゃんの柳行李

祖母が死んでからも、ずうっと祖母の荷物を整理出来ずにいた。一日延ばしにしていたのかも知れない。一年くらいたって、やっと押入に入れていた荷物を整理する気になった。祖母が遺したのは、あちこちがほつれた小さな柳行李一つだった。

母が死んで、僕と一緒に暮らすようになった時、祖母は永く暮らし慣れた神楽岡町の家を引き払わなければならなかった。

引越しの少し前、祖母の荷物の整理を手伝いに行った。押入や物置から少しずつ物を出して来ては、「この踏み台は、おじいちゃんが自分で作らはったもんや」とか、「その青磁の大皿はおじいちゃんが上海のお土産に買おてきやはったもんで……」と僕にいちいち説明した。

「ばあちゃん！　そんな大事なもんやったら、うちへ運ぶ荷物に入れておこか?」と聞いた。祖母は、手にとったものを一つ一つしばらく眺めてから、コクンとうなずいて、「捨ててもかまへん！」ときっぱりと言った。僕の狭い家に引っ越すのに、たくさんの荷物は邪魔になるとの配慮だったのか、祖母はそれぞれの思い出に別れを告げていたのだろう。

結局、祖母は祖父の位牌を納めた粗末な仏壇と小さな柳行李一つだけをもって引っ越して来た。

その日、まだ幼かった僕の娘たちは、家族がふえるのが嬉しいのか、はしゃぎまわっていた。僕も内心は同じようにはしゃぐものがあったが、祖母にちょっとでも大人になったところが見せたくて、口数少なく怖い顔をしていた。妻が久しぶりにすきやきをしてくれた。僕は娘たちと肉を奪い合っているうちに、祖母と暮らした幼い日が蘇って、娘たちと一緒にはしゃぎ出した。祖母は少し呆れ顔で、

「やっぱり、あんたはいくつになっても、それなんやなあ」と嬉しそうに言った。

祖母のその言葉で急に気が楽になった僕は、それ以降、幼い頃のように、祖母に叱られたり、たまに褒められたりの日々を過ごすことになった。祖母が僕を叱ると幼い娘たちまでが口真似をして、

「もう！　あんたは！」と言ったりした。


そんなことを思い出しながら、押入の隅に置いていた柳行李を引っ張り出した。ナフタリンの匂いがした。一番上には、見覚えのある祖母の着物が三枚入っていた。その下からは古いアルバムが二冊出てきた。一冊には祖母の赤茶けた小さな写真が貼ってあった。もう一冊には幼い日からの母の写真が大事に整理されている。何か長く見ていられず、すぐに閉じた。

その下には、きれいな紫色の袱紗に包まれた陶板の表札が入っていた。侠気に溢れ、人の世話で年中飛び回っていたという祖父。世間体に拘らずやんちゃを言っては祖母を困らせていた祖父。祖母は、若くして死んだ祖父の思い出を袱紗に大事に包んでおいたのだろう。

「竹尾酒店」と書かれた徳利が出て来た。「あんたのおじいちゃんは大酒飲みやった」という話はよく聴いたが、酒店をしていたというのは知らない。硯箱が出て来た。斜めに減った墨とちびった細筆が二本入っている。小さな桐の箱に収められた懐中時計もあった。銀の鎖がついている。

片隅には、銀行が配ってくれる小さな手帳が数冊入っていた。一冊をペラペラめくると、祖母の字で僕の住所と電話番号がいくつもいくつも書いてある。「ばあちゃん、何で僕の住所ばっかり書いていたんかいな」と思ったが、よくよく考えれば、永年住んでいた家を離れて、知らない町で暮らすことになって、自分の現住所がわからなくなったらどうしようという不安があったのかも知れない。にわかにメガネが曇ってしまった。

一番奥から、古びた大型のノートのような物が四冊出て来た。手にとると、それは幼稚園の頃の僕の「自由画帖」だった。

自動車、汽車、船、飛行機などが鮮やかな色で描いてある。大相撲の土俵や力士の絵、チャンバラ映画の絵などがいっぱい入っている。どんな気持で、祖母は引越しの荷物の底にこれを入れたのだろう。

「自由画帖」を見ていて、一つの遠い出来事を思い出した。

小学生になってすぐのことだった。遠足で奈良へ行った。はっきり憶えていないのだが、若草山で鹿の絵でも描いて何かの賞に入ったのか、学校から

二十四色入りのクレパスを褒美にもらった。これまで僕の使っていたのは十二色入りのものだったので、金色や銀色まで揃っているクレパスが嬉しくて、近所の友達に自慢して見せたくて、長屋の一軒一軒を回った。それを見ていた祖母に叱られた。

「あんたがご褒美にクレパスをもろうたことは偉かったけど、それを人さんに自慢して回ったりするのは、ものすごう恥ずかしいことなんやで！」

そうか、そうなんや、自慢するのは恥ずかしいことなんや。これからは見せて回るのはやめておこう、そう心に決めた。幸か不幸か二十四色のクレパス以後、今日までいっぺんも褒美をもらったことがない。おかげでそのことで祖母に叱られることもないままだった。

祖母の遺した柳行李を整理してから、もう二十年近くになる。祖母と一緒に遊んでいた娘たちも大人になってしまったが、僕の机の前には、祖母が遺してくれた徳利や硯箱が今も置いてある。もちろん四冊の「自由画帖」もある。時々それを最近のスケッチブックと見比べながら、「ちょっとくらい上手になったかなあ」と思ったりすることもあるが、自慢はしないようにしている。

（「The Essay 16」二〇〇三年十二月）

祖父の写真

祖母の遺品の中に写真が一枚入っていた。生前の祖母が大切にしていた古いもので、祖母の夫、つまり僕の祖父の顔が写っている。

あらためて今それを眺めている。すっかり変色してしまったセピア色の濃淡が、この古いモノクロ写真をまるでカラーのように見せている。この写真は祖父が四十代初めのものだと、祖母に聞いたことがある。

濃いゲジゲジ眉毛とギョロリとした大きな目、小鼻が左右に開いてあぐらをかいている。疎らなヒゲの下の口は大きく「への字」に結ばれている。頑固そうな角張ったアゴなど、日本の古武士というより、どちらかと言えば、メキシコ革命の英雄パンチョビラかパイレーツ・オブ・カリビアンみたいなコワイ顔だ。

そんな祖父は、僕が生まれる三年前に死んでいたので、僕は写真でしか祖父の顔を知らない。それなのに、生きている祖父を身近に見ていたように思うのが不思議だ。ましてや祖父のごつい手で頭を撫でられた感覚があるのも奇妙だし、祖父の豪快な笑い声を聞いたことがあるように思うのは何故だろうかと今頃になって思う。

きっと「あんたのおじいちゃんという人は……」とか、「おじいちゃんが、こんなこと言うたはったで」という話を、しょっちゅう祖母から聞かされて育ったからかも知れない。

僕が悪いことをした時、「おじいちゃんがここに居やはったら、どんなにきつう怒らはるやろ」と、祖母に言われると、僕はシュンとなってしまった。逆にたまに僕が良いことをした時、「おじいちゃんに見せたげたかったなあ」と祖母はよく言ったものだが、それは僕にとって最大の褒め言葉に思えた。

祖父は肺結核で死んだのだが、病床でも冗談ばかり言って周りを笑わせていたらしい。それでも臨終間近に祖母にだけそっと「死に病は愚かないでぇ」と弱音をはいたと何度か聞いた。

そんな死の直前の様子以外、祖父の話をする時、祖母はいつもうれしそうだった。どこかウキウキと祖父の話をしている若々しい祖母の顔が、僕は好きだった。

祖母より六歳年上の祖父は、一八九三年（明治二十六年）生まれで、あの勝海舟が生きていたし、夏目漱石はまだ東京帝大生だった。それだけでも僕の祖父は偉い人なのだ！

祖母から折々に聞いた話によると、祖父は滋賀県出身で、家系をたどると元は近江高島の郷士であった。幼い頃、京都の酒屋へ奉公していた兄を頼って上京し、しばらく近所の炭屋で手伝いをしていたところ、世話してくれる人があって、郵便配達夫になったということだ。丸太町岡崎道にあった左京郵便局へ勤めていたので、その周辺に住まいを見つけて祖母と所帯をもった。二人のなりそめは残念ながら聞き漏らしたが、戸籍謄本によると、一九一八年（大正七年）、祖父二十五歳、祖母十九歳の時のことだ。祖母は大正十年に僕の母を生んでおり、その一年前に生まれた長男を生後二ヵ月で亡くしたということも聞いたことがある。幼子を失って泣いている祖母に、「さだめじゃで」と祖父はよく諭したらしい。

祖父は引っ越し好きだった。郵便局の後輩の面倒見がよくて、何組も結婚の世話をして、自分の住んでいる家を新婚夫婦に譲って、自分たちは別の家を探して引っ越すということを何回も繰り返した。

「おじいちゃんは、ほんまに自分勝手な人やったんえ。こっちには一言も相談なしに『明日、マスダがここへ引っ越して来よるしな』と急に言われて困ったことがあってなあ」

こんな苦労話をする時も、僕には祖母が面白がっているように思えた。

僕の高校時代の同級生のマスダヤスオの両親が、その時の夫婦であったことが後にわかって、祖母と一緒にびっくりし大笑いしたこともある。

「おじいちゃん自身はそんなに飲めるわけやないのに、友達を呼んできては夜中まで酒盛りをして騒いだはったり……」

「時々、骨董屋で刀を買うてきて、侍みたいに枕元に置いてたり……」

僕が中学・高校時代、友達とハイキングに出かける朝、キャラバンシューズの紐を結んでいると、「おじいちゃんも、勤めに出る朝、そんな風にいつも編上靴の上からゲートルをキュウキュウと巻いて出かけて行かはっ

たなあ」と祖母は言った。

「お孫さん、おじいさんにだんだん似てきやはりましたな」と親類や近所の人が言うと、「あんまり似て欲しないのどすけど……」とうれしそうにしていた祖母の顔をよく憶えている。

そんなことがあったからかどうか、僕は今でも祖母からもらった祖父の遺品を大事にしている。書生下駄、懐中時計、徳利、木製の貯金箱、柔道の黒帯、紋付袴など、どれももう使うことのないものばかりだが、捨てる気にはならない。

ある年の正月、いっぺんだけ戯れに祖父の紋付袴を着たことがあった。「あんたのそのカッコを見たら、おじいちゃん、よろこばはあるやろなあ」と笑っていた祖母が死んで、もう二十年になる。明治男の祖父のような強い男にはなれなかったが、今でも僕には、せめても祖父母に怒られないようにしようと思う習性がある。


（「The Essay 25」二〇〇七年十一月）

昭和あぶり出し十話

平成も早や三十年。「昭和も遠くなりにけり」といった感じだが、僕のようなアナクロ・アナログ・

アナ籠り・アナタ任せの「アナ好き人間」には、今や昭和を懐かしむことだけが生き甲斐になっている。「そんな後向きではアカン！」、「もっと前向きのことを書け！」と批判されようが、もうこの齢になったら、ジェットコースターとホラー映画以外に恐いものなんか何ひとつない。思いつくまま、ただ懐かしいことだけをクダクダウジウジと書いてみることにする。僕の好きな作家のひとり川本三郎も書いていたとおり、「ノスタルジー」というものにもっと価値をおいてもいいのではないかとさえ思うからだ。

ロバのパン屋

パンを食べたい時、今ではコンビニから巨大ショッピングモールまで、どこでもパンが買える。僕が幼い頃、パン屋さんは数少なくて、美味しい食パンや菓子パンが欲しかったら、午前中、それも朝早くに買いに行かなければ売切れてしまっていた。そんな時代、「ロバのオジサン、チンカラリン……」と、のどかな音楽を流しながらロバのパン屋さんがやってくる。僕らはロバを見たくて駆け出したものだ。ただしパンそのものは、あんまり美味しかった記憶がない。甘すぎるジャムパン、いやに大きいだけの三角パン、冷えきった蒸しパンしか憶えていない。

それでもあの音楽を聞くと、条件反射のようにパンが食べたくなるか

ら不思議だった。ロバが歩いた後のウンコも今ではなつかしい。

やがてロバに代わって人間のオジサンが自転車でひっぱり、いつの間にか自動車で売りに来るようになった頃から、もう僕らはロバのパン屋を追いかけなくなっていた。それでも相変わらず「ロバのオジサン、チンカラリン……」の音楽が昭和の街角をのどかに流れていた。

牛乳箱

紙パック入り牛乳が広く普及した今では、牛乳ビンと言ってもピンとこない人もいるだろう。ましてや「牛乳箱」と言ってもわかってもらえないかも知れないが、古い街並みを歩くと、今では使われることのなくなった木製の「牛乳箱」が門口に残っている家がある。昭和の早朝風景にはガチャガチャと音を立てた牛乳配達の自転車が欠かせないし、配達される牛乳ビンを入れておく木箱が各戸に設置されていた。

この「牛乳箱」には、牛乳ビンを入れる以外の使い道もあった。家を留守にする時、玄関の表戸の鍵を、後から帰ってくる家族のために、「牛乳箱」に入れておいたものだ。その時代は複数の合鍵をつくると言う知恵もお金もなかったのか、一個の鍵を家族みんなが回し合って使っていたように憶えている。小学生の時、学校から帰ると、鍵が掛かっていて家に入れない。「牛乳箱」を開けると、鍵とともに祖母のたどたどしい字で「おかあちゃんをお医者さんへ連れて行く」と書かれたメモが入っていたこともあった。

プラモデル

その昔、おもちゃは自分で作るものだと思い込んでいた。幼い頃から、不要の紙箱を分解した厚紙で何でも作った。かまぼこ板を切れ味悪いノコギリでぎこぎこしたり、錆びた釘を打ったりして工作をした。小学生になると、ロウソクの炎で炙って曲げたヒゴに習字の半紙を張って飛行機を作れるようになっていた。

僕が小学生高学年になった頃、プラモデルというものが突如として現れた。新安保条約が批准され、自衛隊増強など再軍備が進んでいたことを反映していたのか、戦艦、戦闘機、戦車などのプラモデルがたくさん売り出されていた。お金持ちの友達の家には、りっぱなプラモデルがガラスケースで飾られていたものだ。僕ら長屋の小倅たちは、なかなか買ってもらえなくて、神楽坂下にあった模型屋さんに並んだプラモデルの箱を憧れの目で眺めていた。少ない小遣い銭を貯めておいて、たまに買いに行った時のワクワク気分が忘れられない。この年齢になっても、デパートのおもちゃ売場は今でも輝いて見えるくらいだ。

ニッコウ写真

「日光写真」と漢字にしてみると、何やら栃木県の観光名所のことのように思えるが、僕がここで書きたいのは、東照宮でも華厳ノ滝のことでもない。漫画やチャンバラ映画の主人公などが印刷された薄いセロファン紙をネガにして、これと印画紙をガラス板に重ねて太陽光線にあてるのだ。冬の弱い日差しでは何時間もかかるが、夏の日中など三十分も置いておくとクッキリとモノクロ写真が出来上がる。こうして自分で何枚も写真を焼き増しするのが嬉しかった。ただしこの印画紙はすぐに感光して茶色く変色して使えなくなってしまう。僕は印画紙を挟んだ本を箪笥の抽斗に入れておいた。

粗末な木枠製のものとボール紙製のものがあったが、何やら自分だけのカメラを持ったようで嬉しかった。日当たりの良い二階の縁側に立てかけて、写真が出来るのをひたすらに待っていたのは、一九五七年（昭和三十二年）にフジペットという名の子供でも使えるカメラが発売される以前のことだ。

ジュウシマツ

僕が小学生に入った頃、今から考えるとその理由がわからないのだが、一般家庭で小鳥を飼うのが流行したことがある。小鳥と言ってもそんなにたくさんの種類があるわけではなく、一番安くて飼いやすいと言われたのが、ジュウシマツという小鳥だ。少し金持ちの家ではインコや文鳥を飼っていたが、僕らの長屋では軒並みジュウシマツだった。近所に一軒だけだが、鳥屋さん（？）があった。そこでジュウシマツ二羽と籠を買ってもらった。

エサはヒエやアワ、それに雑草（ハコベ）を与えた。ヒエやアワは鳥屋さんで買ったが、ハコベを毎日早朝に、祖母と一緒に近所の畑や道端に採りに行くのが僕の役目だった。他には、ジュウシマツの糞で汚れた新聞紙を交換した。そうそう、友達の家のジュウシマツが蛇に食べられるというショッキングな出来事もあったなあ。死んだジュウシマツを裏庭に埋めて、小さな墓標を立てたことも憶えている。

しもやけ

その昔、防寒知識が不足していたのか、栄養不良が影響していたのか、毎年真冬になると僕はしもやけで随分泣かされたものだ。耳タブが赤く腫れて化膿して、ひび割れて黄色い膿が出た。足の小指のしもやけもつらかった。履きくずれて穴の開いたズック靴から冷たい水が浸み込んで、最初はムズ痒くて足をこすりつけたりしたが、だんだんひどくなると小指がパンパンに腫れて、疼いてくる。オロナイン軟膏もまだ下々にまで普及していない時代のことだ。

祖母は温かい大根汁で僕の足を揉んでくれたが、それ自体がひどく痛くて、ギャアギャア泣いた。「こんなもんが我慢できひんようでは、南極へ連れて行ってもらえへんえ！」と、祖母は僕をなだめたものだ。一九五六年（昭和三十一年）、南極越冬隊や観測船「宗谷」の活躍が僕らの間でもきっと話題になり、南極に憧れていたからだろうか。そうか、しもやけくらいで騒いでいたらあかんのやなあと納得させられてしまった。けど、やっぱり痛かった。

日めくり

今ではカレンダーを部屋の壁に掛けている家も少なくなった。「今日は何日、何曜日かな?」と思っても、カレンダーを見るのではなく、まずスマホをのぞき込む人が多いが、昔は一家に一つ、日めくりが茶の間の柱に堂々と掛けられていた。毎朝一番に起きる祖母がめくり役だった。祖母と一つの布団で寝ていた僕が二番目に早く起きたが、めくるには手が届かなかった。背が伸びて、めくれるようになった時、僕は偉くなったように思った。

日めくりには、遠くからでもわかるように大きく太い数字が書かれ、その横には曜日だけでなく十干十二支や暦日も書いてある。「今日は大安やな」とか「明日は仏滅やぞ」、ということも暮しに役立っていた。さらには「一年の計は元旦にあり」とか、「石の上にも三年」などの格言や金言も書いてある。そうそうテレビが初めてわが家に来た頃、七人家族で暮らしていたから、日めくりにチャンネル選択権を順番に書いておいた。こんな大切な役割も日めくりにはあったのだ。

空き地

僕の住んでいた長屋の周辺には、たくさん畑があった。その畑が少しずつ宅地に造成されてゆく途中、あるいは古い建物が壊された跡地など、あちこちにあった土地を僕らは「空き地」と呼んでいた。当時、子供が町中に溢れていたためか、狭い児童公園は遊びの人口密度が高く、溢れ出た僕らはそんな空き地を格好の遊び場にしていた。

ただし空き地には、木材だけでなく大きな土管やコンクリートブロックなんかも積んであって、今から考えると危険だったが、当時は大人も子供も気にしていなかったみたいだ。やがてそれぞれの土地が売れて建築予定地になり、鉄条網を張り巡らした囲いが出来始めた。しかし僕らにとっては、この鉄条網を乗り越えて、空き地に入ることも遊びの一種であり、衣服だけでなく手足に引っ掻き傷をつくりながらも元気に駆け回っていた。ある夏の日、暗くなっても遊んでいた僕は、鉄条網へ顔から突っ込み、オデコから血を流したことがある。その傷痕は今も消えていない。

こわいオッサン

近年は路上で遊んでいる子供たちの姿などめったに見かけないが、子供たちが何をしていても僕らは無関心に通り過ぎているのかも知れない。

僕が幼い頃には、近所に何人も「こわいオッサン」がいたものだ。遊びの延長で畑に入って野菜や果物をちょっとでも採ろうものなら、どこから見張っているのか、大声で追いかけてくるオッサンがいた。僕らは「畑ジジイ」と呼んで恐れていた。お寺の墓場も隠れんぼやチャンバラごっこには格好の遊び場だったが、ここへは墓掃除の管理人が来て、僕らを見つけるたびに「墓場で遊んだら死ぬんやぞー」と脅したものだ。銭湯にも「こわいオッサン」がいた。一日中、風呂に入っているのかと思えるくらい、しょっちゅう見かけるオッサンで、僕らが風呂で走り回っていると「こらあ！　風呂は遊び場と違うぞ、遊ぶのやったら川へ行け」と怒鳴る。こんなオッサンたちに僕らは社会道徳を教えてもらえた幸せな世代だったのかも知れない。僕ももう少し「こわいオッサン」にならなければと思うのだが。

あぶり出し遊び

「あぶり出し」という遊びを現代の子供たちはおそらく知らないだろう。僕は幼い頃、これが大好きで、酢やミカンの汁で絵や文字を書いて、密書ごっこや暗号解読ごっこをして遊んだものだ。このあぶり出し手紙を祖母に「後で読んでな」と言って渡したりした。祖母が台所の隅っこでそれを読んでくれているところを想像して、こっそり喜んでいたのだ。スマホやメールでのコミュニケーションと比べてなんとも奥ゆかしくロマンチックではないか。

こうして僕の幼い頃に身近にあったさまざまな物事を一つ一つ思い出しながら書いてみると、あぶり出しのセピア文字のように、昭和という時代そのものが映像として浮かび上がってくる。そんな懐かしい思い出をいつまでも胸に刻んで、このセチガライ現代を生き抜いてゆきたいと思っている。

（「あお柿11」二〇一八年五月）

第3章　ばあちゃんと歩いた道

真如堂から黒谷へ

秋の涼風を感じると、幼い日、祖母に手をひかれて歩いた道に立ち寄ってみたくなります。なつかしい風景の中に祖母の姿を置いてみると、それに寄り添うように半世紀近くも前の僕の姿が浮かび上がってくるのが不思議です。

僕が生まれ育ったのは吉田山東麓、すぐ近くには真如堂や黒谷さん（金戒光明寺）がありました。僕はヨチヨチ歩きの頃から、祖母に連れられて真如堂の石畳を歩いていたようです。ある時、時代劇の撮影に出会いました。「あんたはベチャっと石段に座り込んでしもうて、ほんまに長いこと見てたんえ。何べん言うたかて動かへんし、ばあ

ちゃん、もう困ってしもて……」、後になって、祖母はよく笑いながら言ったものです。そんなことがあったからかどうかわかりませんが、祖母は時代劇映画によく連れて行ってくれました。今も覚えているのは、満員の映画館で見た『紅孔雀』という東映チャンバラ映画です。

真如堂門前を黒谷へ抜ける道の中ほどに、祖母は戦後まもない頃に住んでいたらしくて、このあたりを歩くと、「ばあちゃんが住んでた家のすぐ裏に、女優の毛利菊枝さんが住んだはったんやで。『紅孔雀』で妖術使いの悪いおばあさんになってたんが毛利さんや」と自慢そうに教えてくれました。僕はびっくりして言いました、あんな怖いおばあさんが裏に住んでたら、安心して寝てられへんのにと。

「あほやなあ、毛利さんは優しいええお人やで」と祖母は笑いましたが、映画で妖術使いを見た直後の僕には、すぐに信じられませんでした。僕がやっと納得できたのは、後年、NHK朝の連続ドラマ『信子とおばあちゃん』の毛利さんを見た時でした。

そんなことを思いながら、黒谷への道をたどると、毛利菊枝さんと祖母の顔が重なり、秋の涼風が余計に心地よく感じられるのです。

吉田山から熊野神社へ

僕の師匠がこの夏、少し体調をこわして京大病院へ入院しました。僕は安静にしている師匠の病室へ押しかけては、映画や文学の話をしていました。師匠が元気にならなかったら僕のせいかも知れないと心配していた矢先、師匠が無事に退院し、ほっとしました。病室で師匠としゃべっての帰り道に、熊野神社のそばを歩いていて、幼い頃に京大病院へ通っていたことをふと思い出しました。僕が三〜四歳頃、睫毛の中にオデキが出来て、祖母が僕を連れて行っていたのです。

吉田山を東から上って行くと、宗忠神社や竹中稲荷への参堂を抜けて大元宮に出ま

す。そこから中大路町の急な坂道を、祖母は小さな僕の手をひいて下りて行きました。当時は、この坂道から京都市内がおおかた見下ろせました。近衛通を東大路に出る手前に、消防署がありました。毎日、消防署の前を通る時、僕が消防車をあこがれの眼で眺めていたからなのか、ある日、消防士のオジサンが「ボン、いっぺん乗せたろか?」と言って、運転台に抱き上げてくれました。こんな嬉しいこともありましたが、病院での治療は、睫毛を一本ずつプツンプツン抜いて薬を塗るというものでしたから、僕は嫌がったようです。

「賢こうにしてたら、帰りになんかええもん、買うたげるしな」と僕をなだめすかせて祖母は診察室へ連れて行っていたのでしょう。「賢こうにどころか、あんたはものすごう泣きながら、お医者さんの足を蹴ったりしてなあ」と後になって祖母は呆れていました。それでも祖母は、オモチャやお菓子を買ってくれたのか、物につられやすい僕はそれを楽しみにプツンプツンに耐えていたのかも知れません。当時、熊野神社付近に屋台店がたくさん並んでいましたが、そこのオモチャ屋さんで買ってもらったブリキ製の消防車を僕は長く大切にしていました。

神楽岡から銀閣寺道へ

幼い頃の僕にとって、近所で一番にぎやかな繁華街と言えば銀閣寺道でした。市電がしょっちゅう往来し、商店がたくさん並び、何となく華やかでした。その中心にあったのが、丸銀という名の市場です。祖母は片手に縄で編んだ買物籠をぶら下げ、もう一方で僕の手をひいて、よく買物に連れて行きました。まだアスファルト舗装もされていなかった凸凹だらけの神楽岡通を北へ歩きながら、祖母は僕にいろいろな話を聞かせてくれました。

昔話やおとぎ話はもちろん、講談話や落語・浪曲まで祖母はよく知っていました。僕は剣豪や武将が活躍する講談話が一番好

きでしたが、その中には祖母の創作もあったのか、奇妙なことにいつでも市場に着く直前に話が佳境に入るのです。銀閣寺道を渡る手前に来ると、「ハイ、話はええとこやけど、後は帰り道のお楽しみやで」となってしまうのです。僕は話の続きがどうなるのか知りたくて、買物を早く終わって欲しいと思いながら、市場の中をチョコチョコついてまわりました。やっと買物が終わって、電車道を渡りながら僕が祖母の手をひっぱって催促すると、「ほな、話の続きしたげるわな、ええっと……どこからやったかいな」とたずねます。僕が答えると、「そやった、そやった。話がええとこで終わってたんやな」と嬉しそうな顔をして、祖母は話の続きを始めたものでした。

丸銀市場の北隣にあった小さなお店で、夏は銀閣寺キャンデー、冬は大文字焼（回転焼）を売っていました。ほんの時々でしたが、祖母はアイスキャンデーや大文字焼を買ってくれました。とくに寒い時分、ホカホカの大文字焼を半分ずつ食べながら、祖母の話を聞いた神楽岡通の帰り道が忘れられません。今でも熱い回転焼を半分に割ると、まるで条件反射みたいに、アンコの中からワクワクする面白い昔話が飛び出してくるかのように思えるのがどうも不思議です。

法然院から若王子へ

僕の家から東へ下って、当時はまだ市電が走っていた白川通を横切り、少し上ると疎水に行き当たります。そこはちょうど法然院界隈です。ここから春は桜、秋は紅葉のきれいな哲学の道が南北に走っています。今はすっかり観光化されましたが、僕の幼い頃は、近所の子供が走り回っているだけの田舎道でした。その法然院のすぐ前に祖母の昔馴染みの家があり、祖母は時々僕を連れて遊びに行きました。

ある日、僕が昼寝をしている間に、祖母は一人で法然院へ出かけてしまいました。連れて行ってもらう約束をしていたからなのか、詳しいいきさつは忘れましたが、僕

は一人で法然院まで行って、お寺の前の公園で祖母が知り合いの家から出てくるのを待っていたことがあります。すべり台とブランコがあるだけの小さい公園だったので、すぐに遊び飽きてしまいましたが、祖母はなかなか家から出て来ません。夕方になって、ちょっと心細くなってきた時に、家のガラス戸が開いて、祖母が家の人に挨拶しているのが見えました。

「そうか、ばあちゃんを迎えにきてくれてたんか、そらあ、おおきに」と言って、帰り道に浄楽市場の前の肉屋さんで揚げたてのコロッケを買ってくれました。

随分後になって、この法然院から若王子へ哲学の道を南へ祖母と歩いたことがありました。「そやそや、あんたはそうやって、ばあちゃんを道でよう待ち伏せしては、『なんか買うてぇ』、とせがんだもんや」と祖母は笑いました。若王子の手前で、僕は新選組の土方歳三役で有名な俳優・栗塚旭さんの家がここだと祖母に教えました。そして栗塚さんが毛利菊枝さんの主宰していた劇団くるみ座の出身であることを話しましたが、祖母は栗塚さんのことを知らず、「へえ、そうか」とだけ言いました。祖母が知らないことを知っていることに、僕は嬉しいような寂しいような複雑な思いで祖母の手を引いて歩いていました。

岡崎道から平安神宮へ

たぶん平安神宮まで時代祭を見に連れて行ってもらった時のことかと思うのですが、家を出てすぐに僕は腹を空かせて、祖母に弁当が食べたいとせがんだらしいのです。「だいたい、あんたはどこ行ってもすぐに『おなか、すいたあ！』て言うて、いっぺん言い出したらもう何言うてもあかん子やったわ」。しかたなく祖母は、家から少し歩いただけの道端に新聞紙を広げて、僕に弁当を食べさせてくれました。「近所のお人が何人も『美味しそうやなあ、けなるいなあ！』て言うて通って行かはってなあ……」と後年、祖母は話してくれました。自動車もめったに通らず、道端で弁当を食べていても道

行く人がのんびり声をかけて行く、そんな優しい時代だったのかも知れません。

平安神宮と言えば、こんなこともありました。僕は祖母が一緒でないと幼稚園へ行けなくて、動物園へ遠足に行った時も、僕にだけは祖母がついて来ました。黒谷から岡崎道に出て丸太町通を横切り、平安神宮の東側を歩いている時、幼稚園のエミコ先生が祖母に代わって僕の手をひいてくれました。祖母は立ち止まって、「ばあちゃん、ここからずうっと見てたげるさかいな」と言いました。不安げに振り返りながらエミコ先生の手にひかれて離れて行く僕に、祖母は大きい声で言いました。「あんたが何してても、ばあちゃんには、ちゃあんと見えてるんやしな!」。

晩年、祖母は一人娘であった僕の母に先立たれ、また僕と一緒に暮らしました。僕自身が忘れてしまっている幼い日のことを、折にふれ妻や娘たちに聞かせて笑っていた祖母は、初夏のある夜、急性肺炎であっけなく死んでしまいました。

それから十数年、幼い日を過ごした神楽岡、真如堂、黒谷、吉田山……そのどこを歩いても、祖母の声が秋風の中に聞こえ、その瞬間、風景が淡い水彩画のように滲んでゆくのです。


(「京都民報」二〇〇二年九~十月)

あとがき

まず本書の下地になった連載記事のことから少し書かせていただきます。

二〇一八年の秋、二冊目の画文集『中島貞夫監督と歩く／京都シネマスケッチ紀行』を出版しました。その中に収載した「チャンバラ映画私史」をお読みいただいた京都民報社の荒川康子記者から、「これの続編のようなものを書きませんか」というお話をいただいたのはその年も押し詰まった頃のことでした。大変ありがたいお誘いだったのですが、チャンバラ映画がらみのネタも僕の貧しい記憶力に限界がありましたので、チャンバラ話だけでなく幼い頃の思い出話でよければと苦し紛れにお答えしたのが始まりでした。

実はその頃ちょっと考えていることがありました。それは二〇一九年四月末で平成が終わることになった時にあたり、僕が生まれ育ち青春時代を過ごした「昭和という時代」をどう見るかということでした。とりわけ昭和二十年代後半から三十年代前半、終戦直後の貧しさを残していながらも、そこには平和と民主主義が人々の未来への希望として輝いていた時代ならではの素晴らしいものが確かにあったのです。それらの思い出の数々が、郷愁の風景となって僕の心にくっきりと残っています。

しかし一方でこの半世紀の間に、経済効率最優先、弱肉強食の論理が罷り通り、社会から穏やかなぬくもりが失われてゆきました。また同時に京都の歴史・文化と自然が一体となった風景遺産が、急速な都市開発や観光産業化の影響で存亡の危機に瀕してもいるのです。

郷愁の風景をスケッチする中で、「昭和という時代」がもっていた良質なものを再発見し、それらが現在どのように失われようとしているのかを考えてみたいと思っていたわけです。

こんな漠然とした僕の思いを、荒川記者は「京都民報」への掲載をとおして叶えるべく、二〇一九年四月から「郷愁の風景のなかで」として連載していただきました。当初半年間のつもりであったものが一年間全五十回にわたり続けられましたのも、荒川記者のおかげと感謝しています。また連載中にはお読みいただいた方からさまざまなご感想をいただき、それらが大いなる励みになりました。

今般、連載記事を一冊の本にまとめることになり、かつて「京都民報」に掲載していただいた「ばあちゃんと歩いた道」、また京都エッセイストクラブおよび京都エッセイ友の会の同人誌に掲載したエッセイのうち関連テーマの十点を加えさせていただきました。昭和の思い出話として併せてお読みいただければ幸いです。

本書の出版に際しまして、身に余る巻頭言をお寄せいただきました作家の川浪春香さんには日頃の親しいお付き合いを含めてあらためて厚くお礼申し上げます。さらには前著にひき続き企画段階からあらゆる出版実務をこなしていただいた株式会社かもがわ出版の皆川ともえさんのご尽力に謝意を捧げる次第です。

最後に、半世紀にわたり郷愁の風景を一緒に眺めてくれたわが妻に言っておきたい、「ありがとう、これからもよろしくね」と。

二〇二〇年六月　大森　俊次

【著者略歴】

大森　俊次（おおもり・しゅんじ）

1949年京都市生まれ、鴨沂高校在学中より関西美術院でデッサンを学ぶ。大阪経済大学卒業。医師協同組合事務局勤務の傍ら水彩スケッチ、エッセイ執筆を続け、退職後、スケッチエッセイストとして活動。著書に『スケッチブックの向こうに／僕の旅エッセイ』（つむぎ出版）、『中島貞夫監督と歩く／京都シネマスケッチ紀行』（かもがわ出版）がある。

京都スケッチ帖　～郷愁の風景のなかで

2020年6月30日　初版発行

著　者—© 大森　俊次
発行者—竹村 正治
監　修—天保山ギャラリー
発行所—株式会社かもがわ出版
〒602-8119　京都市上京区出水通堀川西入亀屋町321
営業　TEL：075-432-2868　FAX：075-432-2869
振替　01010-5-12436
編集　TEL：075-432-2934　FAX：075-417-2114

印刷—シナノ書籍印刷株式会社

ISBN　978-4-7803-1099-3　C0095　　JASRAC　出2004417-001